STUDENT EDITION

XIAO HONG collection

萧红作品

萧红：中国现代著名女作家，被誉为"20世纪30年代的文学洛神"。1911年出生于黑龙江省呼兰县，1933年走上文学道路，1941年病逝于香港。代表作品有散文集《商市街》；小说《小城三月》《生死场》《呼兰河传》《马伯乐》等。文学评论家夏志清认为："我相信萧红的书，将成为此后世世代代都有人阅读的经典之作。"

中学生典藏版 C 萧红 著

永久的憧憬和追求

山西出版传媒集团　山西教育出版社

图书在版编目（ＣＩＰ）数据

萧红作品中学生典藏版：永久的憧憬和追求/萧红著；王海晨编. 一太原：山西教育出版社，2016. 7（2022. 6 重印）

（名家作品中学生典藏版）

ISBN 978-7-5440-8542-7

Ⅰ. ①萧… Ⅱ. ①萧… ②王… Ⅲ. ①散文集-中国-现代 ②小说集-中国-现代 Ⅳ. ①I216. 2

中国版本图书馆 CIP 数据核字（2016）第 118136 号

萧红作品中学生典藏版 · 永久的憧憬和追求

出 版 人：雷俊林

策　　划：刘晓露

责任编辑：刘晓露

复　　审：李梦燕

终　　审：郭志强

设计总监：薛　菲

印装监制：蔡　洁

出版发行：山西出版传媒集团·山西教育出版社

　　　　　（太原市水西门街慢头巷 7 号　电话：0351-4729801　邮编：030002）

印　　装：北京一鑫印务有限责任公司

开　　本：889×1194　1/32

印　　张：7. 5

字　　数：162 千字

版　　次：2016 年 7 月第 1 版　2022 年 6 月第 2 次印刷

印　　数：10 001—13 000 册

书　　号：ISBN 978-7-5440-8542-7

定　　价：45. 00 元

"文学洛神"的憧憬和追求

（编者序）

王海晨

　　对于中国现代女作家萧红，同学们并不陌生。大家知道她有一位慈爱的祖父，在瓜儿绿、蜻蜓飞的后花园中，祖父陪她度过人生中最晶莹璀璨的时光；而从她的笔下走出来的鲁迅先生，或许会令人暗暗吃惊，印象中冷峻严肃的文坛斗士，其实温暖而幽默，有血有肉、有情有趣；她还描绘过傍晚天空的火烧云，栩栩如生、奔腾汹涌，那是曾经惊艳众多眼眸的梦幻景象。

　　这大概就是同学们对萧红的认识了：祖父膝下的调皮小妞、鲁迅先生身边的可爱女生、呼兰河畔的天真稚童；天性聪颖、文笔轻灵，心中珍藏爱——爱给予自己以力量的每一个身影和永远回不去的故乡。

　　是的，这是萧红。但是，这仅仅是萧红的一面。

　　真实的萧红，有爱，更有痛。她的人生，更多由抗争、苦难和不甘组成；她的文字，如暗夜绽放的花，有一种清淡却奇异的美；她的情感和思想，是从生活与信仰中萃取的汁液，无论甘苦，都够纯粹，也够深远。

　　萧红，20世纪30年代"文学洛神"，1911年6月出生于中国最北方的黑龙江省呼兰县，1942年1月病逝于近乎最南端的香港。从北到南，她将自己短暂的人生，画成一道弯折的曲线，一部令人唏嘘的传奇。幼年丧母，幸有祖父陪伴，寂寞不少，欢乐也不少；少女时代，求学、游行、逃婚、出走、同居、怀孕、被弃……人生的图卷渐次展开，技法狂野，色调却如此暗淡；21岁，结识萧军，获救于萧军，二人共同生活，贫困度日——命运的密码似乎在此时已悄然锁定；22岁，以悄吟为笔名发表首篇小说《弃儿》，从此踏上文学之路。接下来，在不到10年的岁月中，哈尔滨、青岛、上海、东京、临汾、武汉、重庆、香港，都留下了萧红辗转漂泊的履痕、爱恨纠葛的印记，以及对于时事、民族、人性的思考，她将这一切定格于文字中。31岁，萧红走到了人生的终点，在"半生尽遭白眼冷遇，身先死，不甘，不甘"的叹息中，她"与蓝天碧水永处"，唯留下，近百万字文学作品，任世人评说。

萧红的作品具有极富特色的语言风格，往往寥寥几笔或淡淡几句，就能营造出一种幽邃氛围，将人引入作品的情境之中。在对景物的描写上，这种特色尤为鲜明。《汾河的圆月》结尾部分"汾河永久是那么寂寞，潺潺地流着，中间隔着一片沙滩，横在高高城墙下，在圆月的夜里，城墙背后衬着深蓝色的天空"，苍茫夜色，亘古悲凉。在这样的背景下，我们切身地体察了一位母亲的丧子之痛；《小城三月》开篇之语"三月的原野已经绿了，像地衣那样绿，透出在这里、那里。郊原上的草，是必须转折了好几个弯儿才能钻出地面的，草儿头上还顶着那胀破了种粒的壳，发出一寸多高的芽子，欣幸地钻出了土皮"，白描的手法带来的却是写意的效果，春天的辽远壮阔与弱小顽强都扑面而来，仿佛一部电影在远景与近景之间自由切换，我们已不知不觉沉浸其中，期待着即将上演的故事。在心理、情绪、意识的表达上，萧红的语言也同样出彩，并且更简洁、更震撼。《永久的憧憬和追求》讲述的是萧红本人处于父亲阴影下压抑不快的成长经历。文中，祖父安慰她"长大就好了"，她便说："'长大'是'长大'了，而没有'好'。"在文字的前后呼应中，我们读出太多潜台词：既有对祖父的绵长思念，亦有对现实的无尽伤怀。在其他很多作品中，我们也能感受到萧红的语言魅力。《感情的碎片》，淡淡回忆中隐含强烈的身世痛感；《记我们的导师》，萧红似乎就坐在对面与我们聊鲁迅先生，俱为"闲言碎语"，却分明比长篇大论来得既痛且暖；《生死场》，用冷静的语言讲述酷烈的故事，将我们带入东北大地令人战栗的生与死中……语言，是作家的利器，是作品的旗帜。旗帜迎风招展，引领我们靠拢文学，洞悉其美。萧红作品就是以清冷、明丽、幽婉、锋利、质朴、天真的语言风格，让无数读者走入一个新奇的世界。

萧红的作品蕴含着动人的情感和深沉的思想。所谓动人的情感，是指那些真实无畏地坦露内心世界的情感。文如其人，萧红的真情真性，在作品中随处可见。她难过："我若死掉祖父，就死掉我一生中最重要的一个人，好像他死了就把人间一切'爱'和'温暖'带得空空虚虚。我的心被丝线扎住或被铁丝绞住了。"《祖父死了的时候》；她纠结："我抱紧胸膛，把头也挂在胸口，向我自己的心说：'我饿呀！不是偷呀！'"《饿》；她痛苦："为什么要这样失眠呢！烦躁、呕心、心跳、胆小，并且想要哭泣。"《失眠之夜》；她激昂："东北流亡同胞，为了失去的土地上的大豆、高粱，努力吧！为了失去了土地的年老的母亲，努力吧！为了失去的地面上的痛心的一切的记忆，努力吧！"《给流亡异地的东北同胞书》……无论缕缕思绪还是瞬间闪念，无论女儿低回还是壮士慷慨，萧红都不掩不藏，如实记录。站在我们面前的，并不是一个完美的萧红，却是一位真实的女子。而真实，远比完美更动人。当然，将萧红推向文学高位的，更离不开其作品表现出来的创作理念。萧红用三部中篇小说诠释自己的文学观——《生死场》《呼兰河传》《马伯乐》虽然在语言表达、故事架构、人物刻画上完全不同，却篇篇经典，且都指向"人"这一主题，都在解码时代背景下"人"的生存状态、命运流程和个性玄机。鲁迅对《生死场》的评价是："北方人民的对于生的坚强，对于死的挣扎，却往往已经力透纸背。"茅盾对《呼兰河传》的评价是："她不留情地鞭笞他们，可是她又同情他们：她给我们看，这些屈服于传统的人多么愚蠢而顽固——有的甚至于残忍，然而他们的本质是良善的，他们不欺诈，不虚伪，他们也不好吃懒做，他们极容易满足。"《马伯乐》则塑造了一个多余的人，一个异端者。在兵荒马乱的年代，马伯乐彻底暴露出人性的自私、懦弱、滑稽和荒诞。它与萧红以往的作品大相径庭，然而细细思忖，却又合情合理。萧红曾说："作家不是属于某个阶级的，作家是属于人类的。现在或者过去，作家写作的出发点是向着人类的愚昧！"这便是她在文学上的憧憬与追求吧！正因此，隔了70多年，今天的我们依然可以从萧红作品中读出别样而永恒的意味。无疑，萧红作品是值得我们一品再品的名家著作。

　　本书——《萧红作品中学生典藏版·永久的憧憬和追求》，以提升中学生写作能力、开阔中学生阅读视角、培养中学生人文素养为切入点，从大量的萧红作品中，精选散文22篇、小说（短篇小说全文和中篇小说节选）8篇呈现给大家。期望同学们能够藉此读懂一段匆忙而慌乱的时代、一个热闹而凄凉的尘世、一颗痛苦而坚定的灵魂，让自己在文学的熏陶中，获取来自经典的人生养分。

（作者系《学习报》副总编辑、副编审）

CONTENTS 目录

第一辑:散文
流光正徘徊

第二辑:短篇小说

何乡为乐土

第三辑:中篇小说(节选)
莫向天涯去

第一辑:散文

流光正徘徊

花盆里的金百合映着我的眼睛,小洋刀的闪光映着我的眼睛。眼泪就再没有流落下来,然而那是热的,是发炎的。

——《感情的碎片》

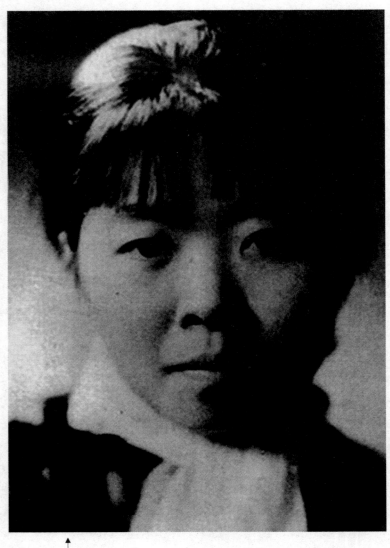

萧红

小 黑 狗

███████　　像从前一样，大狗是睡在门前的木台上。望着这两只狗我沉默着，我自己知道又是想起我的小黑狗来了。

前两个月的一天早晨，我去倒脏水。在房后的角落处，房东的使女小钰蹲在那里。她的黄头发毛着，我记得清楚的，她的衣扣还开着。我看见的是她的背面，所以我不能预测这是什么事发生了？

我斟酌着我的声音，还不等我向她问，她的手已在颤抖，唔！她颤抖的小手上有个小狗在闭着眼睛，我问：

"哪里来的?"

"你来看吧!"

她说着，我只看她毛蓬的头发摇了一下，手上又是一个小狗在闭着眼睛。

不仅一个两个，不能辨清是几个，简直是一小堆。我也和孩子一样，和小钰一样欢喜着跑进屋去，在床边拉他的手：

"平森……啊……喔喔……"

我的鞋底在地板上响，但我没说出一个字来，我的嘴废物似的啊喔着。他的眼睛瞪着，和我一样，我是为了欢喜，他是为了惊愕。最后我告诉他是房东的大狗生了小狗。

过了四天，别的一只母狗也生了小狗。

以后小狗都睁开眼睛了。我们天天玩着它们，又给小狗搬了个家，把它们都装进木箱里。

争吵就是这天发生的：小钰看见老狗把小狗吃掉一只，怕是那只老狗把它的小狗完全吃掉，所以不同意小狗和那个老狗同居，大家就抢夺着把余下的三个小狗也给装进木箱去，算是那只白花狗生的。

那个毛褪得稀疏，骨骼透露，瘦得龙样似的老狗，追上来！白花狗仗着年青不惧敌哼吐着开仗的声音。平时这两条狗从不咬架，就连咬人也不会。现在凶恶极了，就像两条小熊在咬架一样。房东的男儿、女儿、听差、使女，又加我们两个，此时都没有用了。不能使两个狗分开。两个狗满院疯狂地拖跑。人也疯狂着。在人们吵闹的声音里，老狗的乳头脱掉一个，含在白花狗的嘴里。

人们算是把狗打开了。老狗再追去时，白花狗已经把乳头吐到地上，跳进木箱看护它的一群小狗去了。

脱掉乳头的老狗，血流着，痛得满院转。木箱里它的三个小狗却拥挤着不是自己的妈妈在安然地吃奶。

有一天，把个小狗抱进屋来放在桌上，它害怕，不能迈步，全身有些颤，我笑着说：

"平森，看小狗啊！"

他却相反，说道：

"哼！现在觉得小狗好玩，长大要饿死的时候，就没人管了。"

这话间接的可以了解。我笑着的脸被这话毁坏了，用我寞寞的手，把小狗送了出去，我心里有些不愿意，不愿意小狗将来饿死。可是我却没有说什么，面向后窗，我看望后窗外的空地，这块空地没有阳光照过，四面立着有产阶级的高楼，几乎是和阳光绝了缘。不知什么时候，小狗是腐了，乱了，挤在木板下，左近有苍蝇飞着。我的心情完全神经质下去，好像躺在木板下的小狗就是我自己，像听着苍蝇在自己的尸体上寻食一样。

平森走过来，我怕又要证实他方才的话，我假装无事，可是他已经看见那个小狗了！我怕他又要象征着说什么，可是他已经说了：

"一个小狗死在这没有阳光的地方，你觉得可怜么？年老的叫花子不能寻食，死在阴沟里，或是黑暗的街道上。女人，孩子，就是年青人失了业的时候也是一样。"

我愿意哭出来，但我怕人都说女人一哭就算了事，我不愿意了事。可是慢慢地我终于哭了！他说："悄悄，你要哭么？这是平常的事，冻死，饿死，黑暗死，每天都有这样的事情，把持住自己！渡我们的桥梁吧，小孩子！"

我怕羞地把眼泪拭干了，但，终日我是心情寞寞。

过了些日子，十二个小狗之中又少了两个。但是这些更可爱了！会摇尾巴，会学着大狗叫，跑起来在院子就是一小群。有时门口来了生人，它们也跟着大狗跑去，并不咬，只是摇着尾巴，就像和生人要好似的，这或是小狗还不晓得它们的责任，还不晓得保护主人的财产。

天井中纳凉的软椅上，房东太太吸着烟，她开始说家常话了。结果又说到了小狗：

"这一大群什么用也没有，一个好看的也没有，过几天把它们远远地送到马路上去。秋天又要有一群，厌死人了！"

坐在软椅旁边的是个六十多岁的老经管。眼花着，有主意地吃着说：

"明明……天，用麻……袋背送到大江去。"

小钰是个小孩子，她说：

"不用送大江，慢慢都会送出去。"

小狗满院跑跳。我最愿意看的是它们睡觉，多是一个压着一个脖子睡，小圆肚一个个地相挤着。是凡来了熟人的时候都是往外介绍，生得好看一点的抱走了几个。

其中有一个耳朵最大，肚子最圆的小黑狗，算是我的了！我们的朋友用小提篮带回去两个，剩下的只有一个小黑狗和一个小黄狗。老狗对它两个非常珍惜起来，争着给小狗去舔绒毛。这时候，小狗在院子里已经不成群了。

我从街上回来，打开窗子。我读一本小说。那个小黄狗挠着窗纱，和我玩笑似的竖起身子来，挠了又挠。

我想："怎么几天没有见到小黑狗呢？"

我喊来了小钰。别的同院住的人都出来了，找遍全院，不见我的小黑狗。马路上也没有可爱的小黑狗，再也看不见它的大耳朵了！它忽然地失了踪!

又过三天，小黄狗也被人拿走。

没有妈妈的小钰向我说:

"大狗一听隔院的小狗叫，它就想起它的孩子。可是满院急寻，上楼顶去张望，最终一个都不见。它哽哽地叫呢!"

十三个小狗一个不见了!和两个月以前一样，大狗是孤独地睡在木台上。

平森的小脚，鸽子形的小脚，栖在床单上，他是睡了!我在写，我在想，玻璃窗上的三个苍蝇在飞……

1933 年

一　天

　　██████████　他在祈祷，他好像是向天祈祷。

　　正是跪在栏杆那儿，冰冷的，石块砌成的人行道。然而他没有鞋子，并且他用裸露的膝头去接触一些冬天的石块。我还没有走近他，我的心已经为愤恨而烧红，而快要胀裂了！

　　他是那样年老而昏聋，眼睛像是已腐烂过。街风是锐利的，他的手已经被吹得和一个死物样。可是风，仍然是锐利的。我走近他，但不能听清他祈祷的文句，只是喃喃着。

　　一个俄国老妇，她说的不是俄语，大概是犹太人，把一张小票子放到老人的手里，同时他仍然喃喃着，好像是向天祈祷。

　　我带着我重得和石头似的心走回屋中，把积下的旧报纸取出来，放到老人的面前，为的是他可以卖几个钱，但是当我已经把报纸放好的时候，我心起了一个剧变，我认为我是最庸俗没有的人了！仿佛我是做了一件蠢事般的。于是我摸衣袋，我思考家中存钱的盒子，可是连半角钱的票子都不能够寻思得到。老人是过于笨拙了！怕是他不晓得怎样去卖旧报纸。

我走向邻居家去，她的小孩子在床上玩着，她常常是没有心思向我讲一些话。我坐下来，把我带去的包袱打开，预备裁一件衣服。可是今天雪琦说话了：

"于妈还不来，那么，我的孩子会使我没有希望。你看！我是什么事也没有做，外国语不能读，而且我连读报的趣味都没有呀！"

"我想你还是另寻一个老妈子好啦！"

"我也这样想，不过实际是困难的。"

她从生了孩子以来，那是五个月，她沉下苦恼的陷阱去。唇部不似以前有颜色，脸儿皱绉。

为着我到她家去替她看小孩，她走了，和猫一样蹑手蹑脚地下楼去了。

小孩子自己在床上玩得厌了，几次想要哭闹，我忙着裁旗袍，只是用声音招呼他。看一下时钟，知道她去了还不到一点钟，可是看小孩子要多么耐性呀！我烦乱着，这仅是一点钟。

妈妈回来了，带进来衣服的冷气，后面跟进来一个瓷人样的，缠着两只小脚，穿着毛边鞋子，她坐在床沿，并且在她进房的时候，她还向我行了一个深深的鞠躬礼。我又看见她戴的是毛边帽子，她坐在床沿。

过了一会，她是欣喜的，有点不像瓷人："我是没有做过老妈子的，我的男人在十八道街开柳条包铺，带开药铺……我实在不能再和他生气，谁都是愿意支使人，还有人愿意给人家支使吗？咱们命不好，那就讲不了！"

像猜谜似的，使人想不出她是什么命运。雪琦她欢喜，她想幸福是近着她了，她在感谢我：

"玉莹，你看，今天你若不来，我怎能去找这个老妈子来呀！"

那个半老的婆娘仍然讲着："我的男人他打我骂我，以前对我很好，因为他开柳条包铺，要招股东。就是那个人二十元钱顶大的股东，他替我造谣，说我娘家有钱，为什么不帮助开柳条铺呢？在这一年中，就连一顿舒服饭也没吃过，我能不伤心吗！我十七岁过门，今年我是二十四岁。他从没和我吵闹过。"

她不是个半老的婆娘，她才二十四岁。说到这样伤心的地方，她没有哭，她晓得做老妈子的身份。可是又想说下去。雪琦眉毛打锁，把小孩给她：

"你抱他试试。"

小孩子，不知为什么，但是他哭，也许他不愿看那种可怜的脸相？

雪琦有些不快乐了，只是一刻的工夫，她觉得幸福是远着她了！

过了一会，她又像个瓷人，最像瓷人的部分，就是她的眼睛，眼珠定住，我们一向她看去，她就忙着把眼珠活动一下，然而很慢，并且一会又要定住。

"你不要想，将来你会有好的一日……"

"我是同他打架生气的，一生气就和个呆人样，什么也不能做。"那瓷人又忙着补充一句："若不生气，什么病也没有呀！好人一样，好人一样。"

后来她看我缝衣裳，她来帮助我，我不愿她来帮助，但是她要来帮助。

　　小孩子吃着奶，在妈妈的怀中睡了！孩子怕一切音响，我们的呼吸，为着孩子的睡觉都能听得清。

　　雪琦更不欢喜了，大概她在害怕着，她在计量着，计量她的计划怎样失败。我窥视出来这个瓷器的老妈，怕是一会就要被辞退。

　　然而她是有希望的，满有希望，她殷勤地在盆中给小孩洗尿布。

　　"我是不知当老妈子的规矩的，太太要指教我。"她说完坐在木凳上，又开始变成不动的瓷人。

　　我烦扰着，街头的老人又回到我的心中；雪琦铅板样的心沉沉地挂在脸上。

　　"你把脏水倒进水池子去。"她向摆在木凳间的那瓷人说。

　　捧着水盆子，那个妇人紫色毛边鞋子还没有响出门去，雪琦的眼睛和偷人样转过来了：

　　"她是不是不行？那么快让她走吧！"

　　孩子被丢在床上，他哭叫，她到隔壁借三角钱给老妈子的工钱。

　　那紫色的毛边鞋慢慢移着，她打了盆净水放在盆架间，过来招呼孩子，孩子惧怕这瓷人，他更哭。我缝着衣服，不知怎么一种不安传染了我的心。

　　忽然老妈子停下来，那是雪琦把三角钱的票子示到面前的时候，她拿到三角钱走了。她回到妇女们最伤心的家庭去，仍去寻她恶毒的生活。

　　毛边帽子，毛边鞋子，来了又走了。

　　雪琦仍然自己抱着孩子。

"你若不来，我怎能去找她来呢！"她埋怨我。

我们深深呼吸了一下，好像刚从暗室走出。屋子渐渐没有阳光了，我回家了，带着我的包袱，包袱中好像裹着一群麻烦的想头——妇女们有可厌的丈夫，可厌的孩子。冬天追赶着叫花子使他绝望。

在家门口，仍是那条栏杆，仍是那块石道，老人向天跪着，黄昏了，给他的绝望甚于死。

我经过他，我总不能听清他祈祷的文句，但我知道他祈祷的，不是我给他的那些报纸，也不是半角钱的票子，是要从死的边沿上把他拔回来。

然而让我怎样做呢？他向天跪着，他向天祈祷。……

1933 年

皮　球

看到了乡巴佬坐洋车忽然想起一个童年的故事。

当我还是小孩的时候，祖母常常上街。我们并不住在城外，只是离市镇较偏的地方罢了！有一天，祖母她又要上街，她命令我：

"叫你妈妈把斗风给我拿来！"

那时因为我过于娇惯，把舌头故意缩短一些，叫斗篷作"斗风"，所以祖母学着我，把风字拖得很长。

她知道我最爱惜皮球，每次上街的时候，她问我：

"你要些什么呢？"

"我要皮球。"

"你要多大的呢？"

"我要这样大的。"

我赶快把手臂拱向两面，好像张着的鹰的翅膀。大家都笑了！祖父轻动着嘴唇好像要骂我一些什么话，因我的小小的姿式感动了他。

祖母的"斗风"消失在高烟囱的背后。

等她回来的时候，什么皮球也没带给我，可是我也不追问一声："我的皮球呢？"

因为每次她也不带给我，下次祖母再上街的时候，我仍说是要皮球，我是说惯了！我是熟练而惯于做那种姿式。

祖母上街尽是坐马车回来。今天却不是，她睡在仿佛是小槽子里，大概是槽子装置了两个大车轮，非常轻快，雁似的从大门口飞来，一直到房门。在前面挽着的那个人，把祖母停下。我站在玻璃窗里，小小的心灵上，有无限的奇秘冲击着。我以为祖母不会从那里头走出来，我想祖母为什么要被装进槽子里呢？我渐渐惊怕起来，我完全成个呆气的孩子，把头盖顶住玻璃，想尽方法理解我所不能理解的那个从来没有见过的槽子。

很快我领会了！看见祖母从口袋里拿钱给那个人，并且祖母非常兴奋，她说叫着，"斗风"几乎从她的肩上脱溜下去！

"呵！今天我坐的是"东洋驴子"回来的，那是过于安稳呀！还是头一次呢，我坐过安稳的车子！"

祖父在街上也看见过人们所呼叫的"东洋驴子"，妈妈也没有奇怪。只是我，仍旧头皮顶撞在玻璃窗那儿。我眼看那个"驴子"从大门口飘飘地不见了！我的心魂被引了去。

等我离开窗子，祖母的"斗风"已是脱在炕的中央，她嘴里叨叨地讲着她街上所见的新闻，可是我没有留心听，就是给我吃什么糖果之类，我也不会留心吃，只是那样的车子太吸引我了！太捉住我小小的心灵了！

夜晚在灯光里，我们的邻居，刘三奶奶摇闪着走来，我知道又是找祖母来谈天的，所以我稳当当地占了一个位置在桌边。于是我咬起嘴唇来，仿佛大人样能了解一切话语。祖母又讲关于街上所见的新闻，我用心听，我十分费力！

"……那是可笑，真好笑呢！一切人站下瞧，可是那个乡巴佬还不知道笑自己。拉车的回头才知道乡巴佬是蹲在车子的前面，放脚的地方，拉车的问：'你为什么蹲在这地方？'他说怕拉车的过于吃力，蹲着不是比坐着强吗？比坐在那里不是轻吗？所以没敢坐下……"

邻居的刘三奶奶，笑得几个残齿完全露在外面。我也笑了！祖母还说，她感到这个乡巴佬难以形容，她的态度，她用所有的一切字眼，都是引人发笑。

"后来那个乡巴佬，你说怎么样！他从车上跳下来，拉车的问他为什么跳？他说：'若是蹲着吗！那还行，坐着！我实在没有那样的钱。'拉车的说：'坐着我不多要钱。'那个乡巴佬到底不信这话，从车上搬下他的零碎东西，走了。他走了！"

我听得懂，我觉得费力，我问祖母：

"你说的，那是什么驴子？"

她不懂我的半句话，拍了我的头一下，当时我真是不能记住那样繁复的名词。

过了几天祖母又上街，又是坐"驴子"回来的，我的心里渐渐羡慕那"驴子"，也想要坐"驴子"。

过了两年，六岁了！我的聪明，也许是我的年岁吧！支持着使我愈见讨厌我那个皮球，那真是太小，而又太旧了！我不能喜欢黑脸皮球，我爱上邻家孩子手里那个大的。买皮球，好像我的志愿，一天比一天坚决起来。

向祖母说，她答："过几天买吧！你先玩这个吧！"

又向祖父请求，他答："这个还不是很好吗？不是没有出气吗？"

我得知他们的意思是说旧皮球还没有破，不能买新的。于是把皮球在脚下用力捣毁它，任是怎样捣毁，皮球仍是很圆、很鼓。后来到祖父面前让他替我踏破！祖父变了脸色，像是要打我，我跑开了！

从此我每天表示不满意的样子。

终于在一个清朗的夏日，戴起小草帽来，自己上街去买皮球了！朝向母亲曾领我到过的那家铺子走去。离家不远的时候，我的心志非常光明，能够分辨方向，我知道自己是向北走，过了一会，不然了！太阳我也找不着了！一些些的招牌，依我看来都是一个样，街上的行人好像每个都要撞倒我似的，就连马车也好像是旋转着走。我不晓得自己走了多远，但我实在疲劳。不能再寻找那家商店。我急切地想回家，可是家也被寻觅不到。我是从哪一条路来的？究竟家是在什么方向？

我忘记一切危险，在街心停住，我没有哭，把头向天，愿看见太阳。因为平常爸爸不是拿着指南针看看太阳就知道或南或北吗？我虽然看了！只见太阳在街路中央，别的什么都不能知道，我无心留意街道，跌倒在阴沟板上面。

"小孩！小心点！"

身边马车夫驱着车子过去，我想问他我的家在什么地方，他走过了！我昏沉极了！忙问一个路旁的人。

"你知道我的家吗？"

他好像知道我是被丢的孩子，或许那时候我的脸上，有什么急慌的神色，那人跑向路的那边去。把车子拉过来，我知道他是洋车夫，他和我开玩笑一般：

"走吧！坐车回家吧！"

我坐上了车，他问我，总是玩笑一般地：

"小姑娘！家在哪里呀？"

我说："我们离南河沿不远，我也不知道哪面是南，反正我们南边有河。"

走了一会，我的心渐渐平稳，好像被动荡的一盆水，渐渐静止下来，可是不多一会，我忽然忧愁了！抱怨自己皮球仍是没有买成！从皮球联想到祖母骗我给买皮球的故事，很快又联想到祖母讲的关于乡巴佬坐"东洋驴子"的故事。于是我想试一试，怎样可以像个乡巴佬。该怎样蹲法呢？轻轻地从座位滑下来，当我还没有蹲稳当的时节，拉车的回过头来：

"你要做什么呀！"

我说："我要蹲一蹲试试，你答应我蹲吗？"

他看我已经偎在车前放脚的那个地方，于是他向我深深地做了一个鬼脸，嘴里哼着：

"倒好哩！你这个孩子，很会淘气！"

车子跑得不很快，我忘记街上有没有人笑我。车跑到红色的大门楼，我知道到家了，我应该起来呀！应该下车呀！不，目的想给祖母一个意外的发笑，等车拉到院心，我仍蹲在那里，像耍猴人的猴样，一动不动。祖母笑着跑出来了！祖父也是笑！我怕他们不晓得我的意思，我用尖音喊：

"看我！乡巴佬蹲东洋驴子！乡巴佬蹲东洋驴子呀！"

只有妈妈大声骂着我，忽然我怕她要打我，我是偷着上街。

洋车忽然放停，从上面我倒滚下来，不记得被跌伤没有？祖父猛力打了拉车的，说他欺侮小孩，说他不让小孩坐车让蹲在那里。没有给他钱，从院子把他轰出去。

所以后来，无论祖父对我怎样疼爱，心里总是生着隔膜，我不同意他打洋车夫，我问：

"你为什么打他呢？那是我自己愿意蹲着。"

祖父把眼睛斜视一下："有钱的孩子是不受什么气的。"

我的祖父死去多年了！在这样的年代中，我没发现一个有钱的人蹲在洋车上，他有钱他不怕车夫吃力，他自己没拉过车，自己所尝到的，只是被拉着的舒服滋味。假若偶尔有钱家的小孩要蹲在车厢中玩一玩，那么孩子的祖父出来，拉洋车的便要被打。

1934 年

镀金的学说

　　我的伯伯，他是我童年唯一崇拜的人物，他说起话有洪亮的声音，并且他什么时候讲话总关于正理，至少那时候我觉得他的话是严肃的，有条理的，千真万确的。

　　那年我十五岁，是秋天，无数张叶子落了，回旋在墙根了，我经过北门旁在寒风里号叫着的老榆树，那榆树的叶子也向我打来。可是我抖擞着跑进屋去，我是参加一个邻居姐姐出嫁的筵席回来。一边脱换我的新衣裳，一边同母亲说，那好像同母亲吵嚷一般："妈，真的没有见过，婆家说新娘笨，也有人当面来羞辱新娘，说她站着的姿式不对，坐着的姿式不好看，林姐姐一声也不作，假若是我呀！哼！……"

　　母亲说了几句同情的话，就在这样的当儿，我听清伯父在呼唤我的名字。他的声音是那样低沉，平素我是爱伯父的，可是也怕他，于是我的心在小胸膛里边惊跳着走出外房去。我的两手下垂，就连视线也不敢放过去。

"你在那里讲些什么话？很有趣哩！讲给我听听。"伯父说话的时候，他的眼睛流动着笑着，我知道他没有生气，并且我想他很愿意听我讲话。我就高声把那事又说了一遍，我且说且做出种种姿式来。等我说完的时候，我仍欢喜，说完了我把说话时跳打着的手足停下，静等着伯伯夸奖我呢！可是过了很多工夫，伯伯在桌子旁仍写他的文字。对我好像没有反应，再等一会他对于我的讲话也绝对没有回响。至于我呢，我的小心房立刻感到压迫，我想我的错在什么地方？话讲的是很流利呀！讲话的速度也算是活泼呀！伯伯好像一块朽木塞住我的咽喉，我愿意快躲开他到别的房中去长叹一口气。

伯伯把笔放下了，声音也跟着来了："你不说假若是你吗？是你又怎么样？你比别人更糟糕，下回少说这一类话！小孩子学着夸大话，浅薄透了！假如是你，你比别人更糟糕，你想你总要比别人高一倍吗？再不要夸口，夸口是最可耻，最没出息。"

我走进母亲的房里时，坐在炕沿我弄着发辫，默不作声，脸部感到很烧很烧。以后我再不夸口了！

伯父又常常讲一些关于女人的服装的意见，他说穿衣服素色最好，不要涂粉，抹胭脂，要保持本来的面目。我常常是保持本来的面目，不涂粉不抹胭脂，也从没穿过花色的衣裳。

后来我渐渐对于古文有趣味，伯父给我讲古文，记得讲到《吊古战场文》那篇，伯父被感动得有些声咽，我到后来竟哭了！从那时起我深深感到战争的痛苦与残忍。大概那时我才十四岁。

又过一年，我从小学卒业就要上中学的时候，我的父亲把脸沉下了！他整天把脸沉下。等我问他的时候，他瞪一瞪眼睛，在地板上走转两圈，必须要过半分钟才能给一个答话："上什么中学？上中学在家上吧！"

父亲在我眼里变成一只没有一点热气的鱼类，或者别的不具有情感的动物。

半年的工夫，母亲同我吵嘴，父亲骂我："你懒死啦！不要脸的。"当时我过于气愤了，实在受不住这样一架机器压轧了。我问他："什么叫不要脸呢？谁不要脸！"听了这话立刻像火山一样爆裂起来。当时我没能看出他头上有火冒出没？父亲满头的发丝一定被我烧焦了吧！那时我是在他的手掌下倒了下来，等我爬起来时，我也没有哭。可是父亲从那时起他感到父亲的尊严是受了一大挫折，也从那时起每天想要恢复他的父权。他想做父亲的更该尊严些，或者加倍的尊严着才能压住子女吧？

可真加倍尊严起来了，每逢他从街上回来，都是黄昏时候，父亲一走到花墙的地方便从喉管作出响动，咳嗽几声啦，或是吐一口痰啦。后来渐渐我听他只是咳嗽而不吐痰，我想父亲一定会感觉痰不够用了呢！我想做父亲的为什么必须尊严呢？或者因为做父亲的肚子太清洁?！把肚子里所有的痰都全部吐出来了？

一天天睡在炕上，慢慢我病着了！我什么心思也没有了！一班同学不升学的只有两三个，升学的同学给我来信告诉我，她们打网球，学校怎样热闹，也说些我所不懂的功课。我愈读这样的信，心愈加重点。

老祖父支住拐杖，仰着头，白色的胡子振动着说："叫樱花上学去吧！给她拿火车费，叫她收拾收拾起身吧！小心病坏！"

父亲说："有病在家养病吧，上什么学，上学！"

后来连祖父也不敢向他问了，因为后来不管亲戚朋友，提到我上学的事他都是连话不答，出走在院中。

整整死闷在家中三个季节，现在是正月了。家中大会宾客，外祖母啜着汤食向我说："樱花，你怎么不吃什么呢？"

当时我好像要流出眼泪来，在桌旁的枕上，我又倒下了！因为伯父外出半年是新回来，所以外祖母向伯父说："他伯伯，向樱花爸爸说一声，孩子病坏了，叫她上学去吧！"

伯父最爱我，我五六岁时他常常来我家，他从北边的乡村带回来榛子。冬天他穿皮大氅，从袖口把手伸给我，那冰寒的手呀！当他拉住我的手的时候，我害怕挣脱着跑了，可是我知道一定有榛子给我带来，我秃着头两手捏耳朵，在院子里我向每个货车夫问："有榛子没有？有榛子没有？"

伯父把我裹在大氅里，抱着我进去，他说："等一等给你榛子。"

我渐渐长大起来，伯父仍是爱我的，讲故事给我听，买小书给我看。等我入高级，他开始给我讲古文了！有时把族中的哥哥弟弟们都唤来，他讲给我们听，可是书讲完他们临去的时候，伯父总是说："别看你们是男孩子，樱花比你们全强，真聪明。"

他们自然不愿意听了，一个一个退走出去。不在伯父面前他们齐声说："你好呵！你有多聪明！比我们这一群混蛋强得多。"

男孩子说话总是有些野，不愿意听，便离开他们了。谁想男孩子们会这样放肆呢？他们扯住我，要打我："你聪明，能当个什么用？

我们有气力，要收拾你。""什么狗屁聪明，来，我们大家伙看看你的聪明到底在哪里！"

伯父当着什么人也夸奖我："好记力，心机灵快。"

现在一讲到我上学的事，伯父微笑了："不用上学，家里请个老先生念念书就够了！哈尔滨的女学生们太荒唐。"

外祖母说："孩子在家里教养好，到学堂也没有什么坏处。"

于是伯父斟了一杯酒，夹了一片香肠放到嘴里，那时我多么不愿看他吃香肠呵！那一刻我是怎样恼烦着他！我讨厌他喝酒用的杯子，我讨厌他上唇生着的小黑髭，也许伯伯没有观察我一下！他又说："女学生们靠不住，交男朋友啦！恋爱啦！我看不惯这些。"

当年，我升学了，那不是什么人帮助我，是我自己向家庭施行的骗术。后一年暑假，我从外回家，我和伯父的中间，总感到一种淡漠的情绪，伯父对我似乎是客气了，似乎是有什么从中间隔离着了！

一天伯父上街去买鱼，可是他回来的时候，筐子是空空的。母亲问：

"怎么！没有鱼吗？"

"哼！没有。"

母亲又问："鱼贵吗？"

"不贵。"

伯父走进堂屋坐在那里好像幻想着一般，后门外树上满挂着绿的叶子，伯父望着那些无知的叶子幻想，最后他小声唱起，像是有什么悲哀蒙蔽着他了！看他的脸色完全可怜起来。他的眼睛是那样忧烦地望着桌面，母亲说：

"哥哥头痛吗？"

伯父似乎不愿回答，摇着头，他走进屋倒在床上，很长时间，他翻转着，扇子他不用来摇风，在他手里乱响。他的手在胸膛上拍着，气闷着，再过一会，他完全安静下去，扇子任意丢在地板，苍蝇落在脸上，也不去搔它。

晚饭桌上，伯父多喝了几杯酒，红着颜面向祖父说：

"菜市上看见王大姐了呢！"

王大姐，我们叫他王大姑，常听母亲说："王大姐没有妈，爹爹为了贫穷去为匪，只留这个可怜的孩子住在我们家里。"伯父很多情呢！伯父也会恋爱呢，伯父的屋子和我姑姑们的屋子挨着，那时我的三个姑姑全没出嫁。

一夜，王大姑没有回内房去睡，伯父伴着她哩！

祖父不知这件事，他说："怎么不叫她来家呢？"

"她不来，看样子是很忙。"

"呵！从出了门子总没见过，二十多年了！……二十多年了！"

祖父捋着斑白的胡子，他感到自己是老了！

伯父也感叹着："嗳！一转眼，老了！不是姑娘时候的王大姐了！头发白了一半。"

伯父的感叹和祖父完全不同，伯父是痛惜着他破碎的青春的故事。又想一想他婉转着说，说时他神秘地有点微笑：

"我经过菜市场，一个老太太回头看我，我走过，她仍旧看我。停在她身后，我想一想，是谁呢？过会我说：'是王大姐吗？'她转过身来，我问她：'在本街住吧？'她垂下头，我看见她的门牙脱落了两个。她说：'在本街住。'我叫她回来看看，她说她很忙，要回去烧饭，随后她走了，什么话也没说，提着空筐子走了！"

夜间，全家人都睡了，我偶然到伯父屋里去找一本书，因为对他，我连一点信仰也失去了，所以无言走出。

伯父愿意和我谈话似的："没睡吗？"

"没有。"

隔着一道玻璃门，我见他无聊的样子翻着书和报，枕旁一支蜡烛，火光在起伏。伯父今天似乎是例外，同我讲了好些话，关于报纸上的，又关于什么年鉴上的。他看见我手里拿着一本花面的小书，他问："什么书。"

"小说。"

我不知道他的话是从什么地方说起："言情小说，《西厢》是妙绝，《红楼梦》也好。"

那夜伯父奇怪地向我笑，微微地笑，把视线斜着看住我。我忽然想起白天所讲的王大姑来了，于是给伯父倒一杯茶，我走出房来，让他伴着茶香来慢慢地回味着记忆中的姑娘吧！

我与伯伯的学说渐渐悬殊，因此感情也渐渐恶劣，我想是什么将感情分开的呢？我需要恋爱，伯父也需要恋爱。伯父见着他年青时候的情人痛苦，假若是我也是一样。

那么他与我有什么不同呢？不过伯伯相信的是镀金的学说。

1934 年

祖父死了的时候

祖父总是有点变样子，他喜欢流起眼泪来，同时过去很重要的事情他也忘掉。比方过去那一些他常讲的故事，现在讲起来，讲了一半下一半他就说："我记不得了。"

某夜，他又病了一次，经过这一次病，他竟说：

"给你三姑写信，叫她来一趟，我不是四五年没看过她吗？"

他叫我写信给我已经死去五年的姑母。

那次离家是很痛苦的。学校来了开学通知信，祖父又一天一天地变样起来。

祖父睡着的时候，我就躺在他的旁边哭，好像祖父已经离开我死去似的，一面哭着一面抬头看他凹陷的嘴唇。 我若死掉祖父，就死掉我一生中最重要的一个人，好像他死了就把人间一切"爱"和"温暖"带得空空虚虚。我的心被丝线扎住或被铁丝绞住了。

我联想到母亲死的时候。母亲死以后，父亲怎样打我，又娶一个新母亲来。这个母亲很客气，不打我，就是骂，也是指着桌子或椅子来骂我。客气是越客气了，但是冷淡了，疏远了，生人一样。

"到院子去玩玩吧！"祖父说了这话之后，在我的头上撞了一下，"喂！你看这是什么？"一个黄金色的橘子落到我的手中。

夜间不敢到茅厕去，我说："妈妈同我到茅厕去趟吧。"

"我不去！"

"那我害怕呀！"

"怕什么？"

"怕什么？怕鬼怕神？"父亲也说话了，从眼镜上面用眼睛看着我。

冬天，祖父已经睡下，赤着脚，开着纽扣跟我到外面茅厕去。

学校开学，我迟到了四天。

三月里，我又回家一次，正在外面叫门，里面小弟弟嚷着：

"姐姐回来了！姐姐回来了！"

大门开时，我就远远注意着祖父住着的那间房子。果然祖父的面孔和胡子闪现在玻璃窗里。

我跳着笑着跑进屋去。但不是高兴，只是心酸，祖父的脸色更惨淡更白了。等屋子里一个人没有时，他流着泪，他慌慌忙忙地一边用袖口擦着眼泪，一边抖动着嘴唇说：

"爷爷不行了，不知早晚……前些日子好险没跌……跌死。"

"怎么跌的？"

"就是在后屋，我想去解手，招呼人，也听不见，按电铃也没有人来，就得爬啦。还没到后门口，腿颤，心跳，眼前发花了一阵就倒下去。没跌断了腰……人老了，有什么用处！爷爷是八十一岁呢。"

"爷爷是八十一岁。"

"没用了，活了八十一岁还是在地上爬呢！我想你看不着爷爷了，谁知没有跌死，我又慢慢爬到炕上。"

我走的那天也是和我回来那天一样，白色的脸的轮廓闪现在玻璃窗里。

在院心我回头看着祖父的面孔，走到大门口，在大门口我仍可看见，出了大门，就被门扇遮断。

从这一次祖父就与我永远隔绝了。虽然那次和祖父告别，并没说出一个永别的字。

我回来看祖父，这回门前吹着喇叭，幡杆挑得比房头更高，马车离家很远的时候，我已看到高高的白色幡杆了，吹鼓手们的喇叭怆凉地在悲号。马车停在喇叭声中，大门前的白幡、白对联，院心的灵棚，闹嚷嚷许多人，吹鼓手们响起呜呜的哀号。

这回祖父不坐在玻璃窗里，是睡在堂屋的板床上，没有灵魂地躺在那里。我要看一看他白色的胡子，可是怎样看呢！拿开他脸上蒙着的纸吧，胡子、眼睛和嘴，都不会动了，他真的一点感觉也没有了？我从祖父的袖管里去摸他的手，手也没有感觉了。祖父这回真死去了啊！

祖父装进棺材去的那天早晨，正是后园里玫瑰花开放满树的时候。

我扯着祖父的一张被角，抬向灵前去。吹鼓手在灵前吹着大喇叭。

我怕起来，我号叫起来。

"咣咣！"黑色的、半尺厚的灵柩盖子压上去。

吃饭的时候，我饮了酒，用祖父的酒杯饮的。饭后我跑到后园玫瑰树下去卧倒，园中飞着蜂子和蝴蝶，绿草的清凉的气味，这都和十年前一样。可是十年前死了妈妈。妈妈死后我仍是在园中扑蝴蝶；这回祖父死去，我却饮了酒。

　　过去的十年我是和父亲打斗着生活。在这期间我觉得人是残酷的东西。父亲对我是没有好面孔的，对于仆人也是没有好面孔的，他对于祖父也是没有好面孔的。因为仆人是穷人，祖父是老人，我是个小孩子，所以我们这些完全没有保障的人就落到他的手里。后来我看到新娶来的母亲也落到他的手里，他喜欢她的时候，便同她说笑，他恼怒时便骂她，母亲渐渐也怕起父亲来。

　　母亲也不是穷人，也不是老人，也不是孩子，怎么也怕起父亲来呢？我到邻家去看看，邻家的女人也是怕男人。我到舅家去，舅母也是怕舅父。

　　我懂得的尽是些偏僻的人生，我想世间死了祖父，就没有再同情我的人了，世间死了祖父，剩下的尽是些凶残的人了。

　　我饮了酒，回想，幻想……

　　以后我必须不要家，到广大的人群中去，但我在玫瑰树下颤怵了，人群中没有我的祖父。

　　所以我哭着，整个祖父死的时候我哭着。

1935 年

索非亚的愁苦

侨居在哈尔滨的俄国人那样多。从前他们骂着："穷党，穷党。"

连中国人开着的小酒店或是小食品店，都怕"穷党"进去。谁都知道"穷党"喝了酒，常常付不出钱来。

可是现在那骂着"穷党"的，他们做了"穷党"了：马车夫，街上的浮浪人，叫花子，至于那大胡子的老磨刀匠，至于那去过欧战的独腿人，那拉手风琴在乞讨铜板的，人们叫他街头音乐家的独眼人。

索非亚的父亲就是马车夫。

索非亚是我的俄文教师。

她走路走得很漂亮，像跳舞一样。可是她跳舞跳得怎样呢？那我不知道，因为我还不懂得跳舞。但是我看她转着那样圆的圈子，我喜欢她。

没多久，熟识了之后，我们是常常跳舞的。

"再教我一个新步法！这个，你看我会了。"

桌上的表一过十二点，我们就停止读书。我站起来，走了一点姿式给她看。

"这样可以吗？左边转，右边转，都可以！"

"怎么不可以！"她的中国话讲得比我们初识的时候更好了。

为着一种感情，我从不以为她是一个"穷党"，几乎连那种观念也没有存在。

她唱歌唱得也很好，她又教我唱歌。有一天，她的手指甲染得很红的来了。还没开始读书，我就对她的手很感到趣味，因为没有看到她装饰过。她从不涂粉，嘴唇也是本来的颜色。

"嗯哼，好看的指甲啊！"我笑着。

"呵！坏的，不好的，涅克拉西为。"可是她没有笑，她一半说着俄国话。"涅克拉西为"是不美的、难看的意思。

我问她："为什么难看呢？"

"读书，读书，十一点钟了。"她没有回答我。

后来，我们再熟识的时候，不仅跳舞、唱歌，我们谈着服装、谈着女人：西洋女人，东洋女人，俄国女人，中国女人。有一天，我们正在讲解着文法，窗子上有红光闪了一下，我招呼着：

"快看！漂亮哩！"房东的女儿穿着红缎袍子走过去。

我想，她一定要称赞一句。可是她没有：

"白吃白喝的人们！"

这样合乎文法完整的名词，我不知道为什么她能说出来？当时，我只是为着这名词的构造而惊奇。至于这名词的意义，好像以后才发现出来。

后来，过了很久，我们谈着思想，我们成了好友了。

"白吃白喝的人们，是什么意思呢?"我已经问过她几次了，但仍常常问她。

她的解说有意思:

"猪一样的，吃得很好，睡得很好。什么也不做，什么也不想……"

"那么，白吃白喝的人们将来要做'穷党'了吧?"

"是的，要做'穷党'的。不，可是……"她的一丝笑纹也从脸上退走了。

不知多久，没再提到"白吃白喝"这句话。我们又回转到原来友情上的寸度:跳舞、唱歌，连女人也不再说到。我的跳舞步法也和友情一样没有增加，这样一直继续到巴斯哈节①。

节前的几天，索非亚的脸色比平日更惨白些，嘴唇白得几乎和脸色一个样，我也再不要求她跳舞。

就是节前的一日，她说:

"明天过节，我不来，后天来。"

后天，她来的时候，她向我们说着她愁苦，这很意外。友情因为这个好像又增加起来。

"昨天是什么节呢?"

"巴斯哈节，为死人过的节。染红的鸡子带到坟上去，花圈带到

---

①巴斯哈节:东正教教徒的一个节日。该节耶稣教教徒称"复活节"，犹太教徒称"逾越节"。

坟上去……"

"什么人都过吗？犹太人也过巴斯哈节吗？"

"犹太人也过，'穷党'也过，不是'穷党'也过。"

到现在我想知道索非亚为什么她也是"穷党"，然而我不能问她。

"愁苦，我愁苦……妈妈又生病，要进医院，可是又请不到免费证。"

"要进哪个医院？"

"专为俄国人设的医院。"

"请免费证，还要很困难的手续吗？"

"没有什么困难的，只要不是'穷党'。"

有一天，我只吃着干面包。那天她来得很早，差不多九点半钟她就来了。

"营养不好，人是瘦的、黑的，工作得少，工作得不好。慢慢健康就没有了。"

我说："不是，只喜欢空吃面包，而不喜欢吃什么菜。"

她笑了："不是喜欢，我知道为什么。昨天我也是去做客，妹妹也是去做客。爸爸的马车没有赚到钱，爸爸的马也是去做客。"

我笑她："马怎么也会去做客呢？"

"会的，马到它的朋友家里去，就和它的朋友站在一道吃草。"

俄文读得一年了！索非亚家的大牛生了小牛，也是她向我说的。并且当我到她家里去做客，若当老羊生了小羊的时候，我总是要吃羊奶的，并且在她家里我还看到那还不很会走路的小羊。

"吉卜西人①是'穷党'吗？怎么中国人也叫他们'穷党'呢？"这样的话，好像在友情最高的时候更不能问她。

"吉卜西人也会讲俄国话的，我在街上听到过。"

"会的，犹太人也多半会俄国话！"索非亚的眉毛动弹了一下。

"在街上拉手风琴的一个眼睛的人，他也是俄国人吗？"

"是俄国人。"

"他为什么不回国呢？"

"回国！那你说我们为什么不回国！"她的眉毛好像在黎明时候静止着的树叶，一点也没有摇摆。

"我不知道。"我实在是慌乱了一刻。

"那么犹太人回什么国呢？"

我说："我不知道。"

春天柳条抽着芽子的时候，常常是阴雨的天气，就在雨丝里一种沉闷的鼓声来到窗外了：

"咚咚，咚咚！"

"犹太人，他就是父亲的朋友，去年巴斯哈节他是在我们家里过的。他世界大战的时候去打过仗。"

"咚咚，咚咚，瓦夏！瓦夏！"

我一面听着鼓声，一面听到喊着瓦夏。

"为什么他喊着瓦夏？"我问。

"瓦夏是他的伙伴，你也会认识他……是的，就是你说的中央大街上拉风琴的人。"

①吉卜西人：即吉普赛人。

　　那犹太人的鼓声并不响了，但仍喊着瓦夏，那一双肩头一齐耸起又一齐落下，他的腿是一只长腿一只短腿。那只短腿使人看了会并不相信是存在的，那是从腹部以下就完全失去了，和丢掉一只腿的蛤蟆一样畸形。

　　他经过我们的窗口，他笑笑。

　　"瓦夏走得快哪！追不上他了。"这是索非亚给我翻译的。

　　等我们再开始讲话，索非亚走到屋角常青树的旁边：

　　"屋子太没趣了，找不到灵魂，一点生命也感不到地活着啊！冬天屋子冷，这树也黄了。"

　　我们的谈话，一直继续到天黑。

　　索非亚述说着在落雪的一天，她跌了跤，从前安得来夫将军的儿子在路上骂她"穷党"。

　　"……你说，那猪一样的东西，我该骂他什么呢？——骂谁'穷党'！你爸爸的骨头都被'穷党'的煤油烧掉了——他立刻躲开我，他什么话也没有再回答。'穷党'，吉卜西人也是'穷党'，犹太人也是'穷党'。现在真正的'穷党'还不是这些人，那些沙皇的子孙们，那些流氓们才是真正的'穷党'。"

　　索非亚的情感约束着我，我忘记了已经是应该告别的时候。

　　"去年的巴斯哈节，爸爸喝多了酒，他伤心……他给我们跳舞，唱高加索歌……我想他唱的一定不是什么歌曲，那是他想他家乡的心情的号叫，他的声音大得厉害哩！我的妹妹米娜问他：'爸爸唱的是哪里的歌？'他接着就唱起'家乡''家乡'来了，他唱着许多家乡。可是我和米娜一点也不知道'家乡'，我们生在中国地方，高加索，我们对它一点什么也不知道。妈妈也许是伤心的，她哭了！犹太人也哭了——拉手风琴的人，他哭的时候，把吉卜西女孩抱了起来。也许他们都想着'家乡'。可是，吉卜西女孩不哭，我也不哭。米娜还笑着，她举起酒瓶来跟着父亲跳高加索舞，她一再说：'这就是火把！'爸爸说：'对的。'他还是说高加索舞是有火把的。米娜一定是从电影上看到过火把。……爸爸举着三弦琴。

"爸爸坐下来，手风琴还没立刻停止。'你很高兴吗？高加索舞很好看吗？米娜，你还没有看到过真正的高加索舞，你不是高加索的孩子！'爸爸问着她。"

索非亚忽然变了一种声音：

"不知道吧！为什么我们做'穷党'？因为是高加索人。哈尔滨的高加索人还不多，可是没有生活好的。从前是'穷党'，现在还是'穷党'。爸爸在高加索的时候种田，来到中国也是种田。现在他赶马车，他是一九一二年和妈妈跑到中国来。爸爸总是说：'哪里也是一样，干活计就吃饭。'这话到现在他是不说的了……"

她父亲的马车回来了，院里嘟嘟地响着铃子。

我再去看她，那是半年以后的事，临告别的时候，索非亚才从床上走下地板来。

"病好了我回国的。工作，我不怕，人是要工作的。传说，那边工作很厉害。母亲说，还不要回去吧！可人们没有想想，人们以为这边比那边待他还好！"

走到门外她还说：

"回国证怕是难一点，不要紧，没有回国证我也是要回去的。"

她走路的样子再不像跳舞，迟缓与艰难。

过了一个星期，我又去看她，我是带着糖果。

"索非亚进了医院。"她的母亲说。

"医院在什么地方？"

她的母亲说的完全是俄语，那些俄文的街名，无论怎样是我所不懂的。

"可以吗？我去看看她。"

"可以，星期日可以，平常不可以。"

"医生说她是什么病？"

"肺病，很轻的肺病，没有什么要紧。回国证她是得不到的，'穷党'回国是很难的。"

我把糖果放下就走了。这次送我出来的不是索非亚，而是她的母亲。

1935 年

饿

　　■■■■■　"列巴圈"挂在过道别人的门上，过道好像还没有天明，可是电灯已经熄了。夜间遗留下来睡蒙蒙的气息充塞在过道，茶房气喘着，抹着地板。我不愿醒得太早，可是已经醒了，同时再不能睡去。

　　厕所房的电灯仍开着，和夜间一般昏黄，好像黎明还没有到来，可是"列巴圈"已经挂上别人家的门了！有的牛奶瓶也规规矩矩地等在别人的房间外。只要一醒来，就可以随便吃喝，但，这都只限于别人，是别人的事，与自己无关。

　　扭开了灯，郎华睡在床上，他睡得很恬静，连呼吸也不震动空气一下。听一听过道连一个人也没走动，全旅馆的三层楼都在睡梦中，越这样静越引诱我，我的那种念头越坚决。过道尚没有一点声息，过道越静越引诱我，我的那种念头越想越充涨我：去拿吧！正是时候，即使是偷，那就偷吧！

　　轻轻扭动钥匙，门一点响动也没有，探头看了看，"列巴圈"对门就挂着，东隔壁也挂着，西隔壁也挂着。天快亮了！牛奶瓶的乳白色看得真真切切，"列巴圈"比每天也大了些，结果什么也没有去拿，我心里发烧，耳朵也热了一阵，立刻想到这是"偷"。儿时的记忆再现出来，偷梨吃的孩子最羞耻。

　　过了好久，我就贴在已关好的门扇上，大概我像一个没有灵魂的、纸剪成的人贴在门扇。大概这样吧：街车唤醒了我，马蹄嘚嘚，车轮吱吱地响过去。我抱紧胸膛，把头也挂到胸口，向我自己的心说："我饿呀！不是'偷'呀！"

　　第二次也打开门，这次我下决心了！偷就偷，虽然是几个"列巴圈"我也偷，为着我"饿"，为着他"饿"。

　　第二次又失败，那么不去做第三次了。下了最后的决心，爬上床，关了灯，推一推郎华，他没有醒，我怕他醒，在"偷"这一刻，郎华也是我的敌人；假若我有母亲，母亲也是敌人。

　　天亮了！人们醒了，马路也醒了。做家庭教师，无钱吃饭也要去上课，并且要练武术。他喝了一杯空茶走的，过道那些"列巴圈"早已不见，都让别人吃了。

　　从昨夜饿到中午，四肢软弱一点，肚子好像被踢打放了气的皮球。

　　窗子在墙壁中央，天窗似的，我从窗口探身出去，赤裸裸，完全和日光接近，市街临在我的脚下，直线的，错综着许多角度的楼房，大柱子一般工厂的烟囱，街道横顺交织着，秃光的街树。白云在天空作出各样的曲线，高空的风吹乱我的头发，飘荡我的衣襟。市街和一张烦烦杂杂颜色不清晰的地图挂在我的眼前。楼顶和树梢都挂住一层稀薄的白霜，整个城市在阳光下闪闪灼灼撒了一层银片。我的衣襟被风拍着作响，我冷了，我孤孤独独地好像站在无人的山顶。每家楼顶的白霜，一刻不是银片了，而是些雪花，冰花或是什么更严寒的东西在吸我，全身像浴在冰水里一般。

我披了棉被再出现到窗口，那不是全身，仅仅是头和胸突在窗口。一个女人站在一家药店门口讨钱，手下牵着孩子，衣襟裹着更小的孩子。药店没人出来理她，过路人也不理她，都像说她有孩子不对，穷就不该有孩子，有也应该饿死。

我只能看到街路的半面，那女人大概向我的窗下走来，因为我听见那孩子的哭声很近。

"老爷，太太，可怜可怜……"可是看不见她在追逐谁，虽然是三层楼，也听得这般清楚，她一定是跑得颠颠断断地呼喘："老爷……老爷……可怜吧!"

那女人一定正相同我，一定早饭还没有吃，也许昨晚的也没有吃。她在楼下急迫地来回的呼声传染了我，肚子立刻响起来，肠子不住地呼叫……

郎华仍不回来，我拿什么来喂肚子呢?桌子可以吃吗?草褥子可以吃吗?

晒着阳光的行人道，来往的行人，小贩，乞丐……这一些看得我疲倦了!打着呵欠从窗口爬下来。

窗子一关起来，立刻生满了霜，过一刻玻璃片就流着眼泪了!起初是一条一条的，后来就大哭了!满脸是泪，好像在行人道上讨饭的母亲的脸。

我坐在小屋，像饿在笼中的鸡一般，只想合起眼睛来静着、默着，但又不是睡。

"咯，咯！"这是谁在打门！我快去开门，是三年前旧学校里的图画先生。

他和从前一样很喜欢说笑话，没有改变，只是胖了一点，眼睛又小了一点。他随便说，说得很多。他的女儿，那个穿红花旗袍的小姑娘，又加了一件黑绒上衣，她在藤椅上怪美丽的，但她有点不耐烦的样子：

"爸爸，我们走吧。"小姑娘哪里懂得人生！小姑娘只知道美，哪里懂得人生？

曹先生问："你一个人住在这里吗？"

"是——"我当时不晓得为什么答应"是"，明明是和郎华同住，怎么要说自己住呢？

好像这几年并没有离开，我仍在那个学校读书一样。他说：

"还是一个人好，可以把整个的身心献给艺术。你现在不喜欢画，你喜欢文学，就把全身心献给文学。只有忠心于艺术的心才不空虚，只有艺术才是美，才是真美。'爱情'这话很难说，若是为了性欲才爱，那么就不如临时解决，随便可以找到一个，只要是异性。爱是爱，'爱'很不容易，那么就不如爱艺术，比较不空虚……"

"爸爸，走吧！"小姑娘哪里懂得人生，只知道美，她看一看这屋子一点意思也没有，床上只铺一张草褥子。

"是，走——"曹先生又说，眼睛盯着女儿："你看我，十三岁就结了婚。这不是吗？曹云都十五岁啦！"

"爸爸，我们走吧！"

他和前几年一样，总爱说"十三岁"就结了婚。差不多全校同学都知道曹先生是十三岁结婚的。

"爸爸，我们走吧！"

他把一张票子丢在桌上就走了！那是我写信去要的。

郎华还没有回来，我应该立刻想到饿，但我完全被青春迷惑了！读书时候哪里懂得"饿"？只晓得青春最重要，虽然现在我也并没老，但总觉得青春是过去了！过去了！

我冥想了一个长时期，心浪和海水一般的潮了一阵。

追逐实际吧！青春唯有自私的人才系念她，"只有饥寒，没有青春"。

几天没有去过的小饭馆，又坐在那里吃喝了。"很累了吧！腿可疼？道外道里要有十五里路。"我问他。

只要有得吃，他也很满足，我也很满足。其余什么都忘了！

那个饭馆，我已经习惯，还不等他坐下，我就抢了个地方先坐下，我也把菜的名字记得很熟，什么辣椒白菜啦，雪里红豆腐啦……什么酱鱼啦！怎么叫酱鱼呢？哪里有鱼！用鱼骨头炒一点酱，借一点腥味就是啦！我很有把握，我简直都不用算一算就知道这些菜也超不过一角钱。因此我用很大的声音招呼，我不怕，我一点也不怕花钱。

回来，没有睡觉之前我们一面喝着开水一面说：

"这回又饿不着了，又够吃些日子。"

闭了灯，又满足又安适地睡了一夜。

1935 年

欧罗巴旅馆

楼梯是那样长，好像让我顺着一条小道爬上天顶。其实只是三层楼，也实在无力了，手扶着楼栏，努力拔着两条颤颤地不属于我似的腿，升上几步，手也开始和腿一般颤。

等我走进那个房间的时候，和受辱的孩子似的偎上床去，用袖口慢慢擦着脸。

他——郎华①，我的情人，那时候他还是我的情人，他问我了：

"你哭了吗？"

"为什么哭呢？我擦的是汗呀，不是眼泪呀！"

不知是几分钟过后，我才发现这个房间是如此的白，棚顶是斜坡的棚顶，除了一张床，地下有一张桌子，一围藤椅。离开床沿用不到两步可以摸到桌子和椅子。开门时，那更方便，一张门扇躺在床上可以打开。住在这白色的小室，我好像住在幔帐中一般。我口渴，我说：

————————

① 郎华：即萧军。

"我应该喝一点水吧！"

他要为我倒水时，他非常着慌，两条眉毛好像要连接起来，在鼻子的上端扭动了好几下：

"怎样喝呢？用什么喝？"

桌子上除了一块洁白的桌布，干净得连灰尘都不存在。

我有点昏迷，躺在床上听他和茶房在过道说了些时，又听到门响，他来到床边，我想他一定举着杯子在床边，却不，他的手两面却分张着：

"用什么喝？可以吧？用脸盆来喝吧！"

他去拿藤椅上放着才带来的脸盆时，毛巾下面刷牙缸被他发现，于是拿着刷牙缸走去。

旅馆的过道是那样寂静，我听他踏着地板来了。

正在喝着水，一只手指抵在白床单上，我用发颤的手指抚来抚去。他说：

"你躺下吧！太累了。"

我躺下也是用手指抚来抚去，床单有突起的花纹，并且白得有些闪我的眼睛，心想：不错的，自己正是没有床单。我心想的话他却说出了！

"我想我们是要睡空床板的，现在连枕头都有。"

说着，他拍打我枕在头下的枕头。

"咯咯——"有人打门，进来一个高大的俄国女茶房，身后又进来一个中国茶房：

"也租铺盖吗？"

"租的。"

"五角钱一天。"

"不租。""不租。"我也说不租，郎华也说不租。

那女人动手去收拾：软枕，床单，就连桌布她也从桌上扯下去。床单挟在她的腋下，一切挟在她的腋下。一秒钟，这洁白的小室跟随她花色的包头巾一同消失去。

我虽然是腿颤，虽然肚子饿得那样空，我也要站起来，打开柳条箱去拿自己的被子。

小室被劫了一样，床上一张肿胀的草褥出现在那里，破木桌一些黑点和白圈显露出来，大藤椅也好像跟着变了颜色。

晚饭以前，我们就在草褥上吻着抱着过的。

晚饭就在桌子上摆着黑"列巴"①和白盐。

晚饭以后，事件就开始了：

开门进来三四个人，黑衣裳，挂着枪，挂着刀。进来先拿住郎华的两臂，他正赤着胸膛在洗脸，两手还是湿着。他们那些人，把箱子弄开，翻扬了一阵：

"旅馆报告你带枪，没带吗？"那个挂刀的人问。随后那人在床下扒得了一个长纸卷，里面卷的是一支剑。他打开，抖着剑柄的红穗头：

"你哪里来的这个？"

停在门口那个去报告的俄国管事，挥着手，急得涨红了脸。

警察要带郎华到局子里去，他也预备跟他们去，嘴里不住地说："为什么单单用这种方式检查我？妨害我？"

---

①列巴：俄文音译，意为"大面包"。

最后警察温和下来，他的两臂被放开，可是他忘记了穿衣裳，他湿水的手也干了。

原因：日间那白俄来取房钱，一日两元，一月六十元。我们只有五元钱，马车钱来时去掉五角。那白俄说：

"你的房钱，给！"他好像知道我们没有钱似的，他好像是很着忙，怕是我们跑走一样。他拿到手中两元票子又说："六十元一月，明天给！"原来包租一月三十元，为了松花江涨水才有这样的房价。如此，他摇手瞪眼地说："你的明天搬走，你的明天走！"

郎华说："不走，不走——"

"不走不行，我是经理——"

郎华从床下取出剑来，指着白俄：

"你快给我走开，不然，我宰了你。"

他慌张着跑出去了，去报告警察所，说我们带着凶器，其实剑裹在纸里，那人以为是大枪，而不知是一支剑。

结果警察带剑走了，他说："日本宪兵若是发现你有剑，那你非吃亏不可，了不得的，说你是大刀会。我替你寄存一夜，明天你来取。"

警察走了以后，闭了灯，锁上门，街灯的光亮从小窗口跑下来，凄凄淡淡的，我们睡了。在睡中不住想：警察是中国人，倒比日本宪兵强得多啊！

天明了，是第二天，从朋友处被逐出来是第二天了。

1935 年

同命运的小鱼

　　我们的小鱼死了。它从盆中跳出来死的。

　　我后悔，为什么要出去那么久！为什么只贪图自己的快乐而把小鱼干死了！

　　那天鱼放到水盆中去洗的时候，有两条又活了，在水中立起身来。那么只用那三条死的来烧菜。鱼鳞一片一片地掀掉，沉到水盆底去，肚子剥开，肠子流出来。我只管掀掉鱼鳞，我还没有洗过鱼，这是试着干，所以有点害怕，并且冰凉的鱼的身子，我总会联想到蛇，剥鱼肚子，我更不敢了。郎华剥着，我就在旁边看，然而看也有点躲躲闪闪，好像乡下没有教养的孩子怕着已死的猫会还魂一般地。

　　"你看你这个无用的，连鱼都怕。"说着，他把已经收拾干净的鱼放下，又剥第二个鱼肚子。这回鱼有点动，我连忙扯了他的肩膀一下："鱼活啦，鱼活啦！"

　　"什么活啦！神经质的人，你就看着好啦！"他逞强一般地在鱼肚子上划了一刀，鱼立刻跳动起来，从手上跳下水盆去。

"怎么办哪？"这回他向我说了。我也不知道怎么办。他从水中摸出来看看，好像鱼会咬了他的手，马上又丢下水去。鱼的肠子流在外面一半，鱼是死了。

"反正也是死了，那就吃了它。"

鱼再被拿到手上，一些也不动弹。他又安然地把它收拾干净。直到第三条鱼收拾完，我都是守候在旁边，怕看，又想看。第三条鱼是完全死的，没有动。盆中更小的一条很活泼了，要在盆中转圈。另一条怕是要死，立起不多时又横在水面。

火炉的铁板热起来，我的脸感觉烤痛时，锅中的油翻着花。鱼就在大炉台的菜板上，就要放到油锅里去。我跑到二层门去拿油瓶，听得厨房里有什么东西跳起来，噼噼啪啪的。他也来看。盆中的鱼仍在游着，那么菜板上的鱼活了，没有肚子的鱼活了，尾巴仍打得菜板很响。

这时我不知该怎样做，我怕看那悲惨的东西。躲到门口，我想：不吃这鱼吧。然而它已经没有肚子了，可怎样再活？我的眼泪都跑上眼睛来，再不能看了。我转过身去，面向着窗子。窗外的小狗正在追逐那红毛鸡，房东的使女小菊挨过打以后到墙根处去哭……

这是凶残的世界，失去了人性的世界，用暴力毁灭了它吧！毁灭了这些失去了人性的东西！

晚饭的鱼是吃的，可是很腥，我们吃得很少，全部丢到垃圾箱去。

剩下来两条活的就在盆里游泳。夜间睡醒时，听见厨房里有乒乓的水声。点起洋烛去看一下。可是我不敢去，叫郎华去看。

"盆里的鱼死了一条，另一条鱼在游水响……"

到早晨用报纸把它包起来，丢到垃圾箱去。只剩一条在水中上下游着，又为它换了一盆水，早饭时又丢了一些饭粒给它。

小鱼两天都是快活的，到第三天忧郁起来，看了几次它都是沉到盆底。

"小鱼都不吃食啦，大概要死吧?"我告诉郎华。

他敲一下盆沿，小鱼走动两步，再敲一下，再走动两步……不敲，它就不走，它就沉下去。

又过一天，小鱼的尾巴也不摇了，就是敲盆沿，它也不动一动尾巴。

"把它送到江里一定能好，不会死。它一定是感到不自由才忧愁起来!"

"怎么送呢? 大江还没有开冻，就是能找到一个冰洞把它塞下去，我看也要冻死，再不然也要饿死。"我说。

郎华笑了。他说我像玩鸟的人一样，把鸟放在笼子里，给它米子吃，就说它没有悲哀了，就说比在山里好得多，不会冻死，不会饿死。

"有谁不爱自由呢? 海洋爱自由，野兽爱自由，昆虫也爱自由。"郎华又敲了一下水盆。

小鱼只悲哀了两天，又畅快起来，尾巴打着水响。我每天在火炉旁边烧饭，一边看着它，好像生过病又好起来的自己的孩子似的，更珍贵一点，更爱惜一点。天真太冷，打算过了冷天就把它放到江里去。

我们每夜到朋友那里去玩，小鱼就自己在厨房里过个整夜。它什么也不知道，它也不怕猫会把它攫了去，它也不怕耗子会使它惊跳。我们半夜回来也要看看，它总是安安然然地游着。家里没有猫，所以知道没有危险。

有一天就在朋友那里过的夜，终夜是跳舞、唱戏。第二天晚上才回来，时间太长了，我们的小鱼死了！

第一个踏进门的是郎华，差一点没踏碎那小鱼。点起洋烛去看，还有一点呼吸，腮还轻轻抽着。我去摸它身上的鳞，都干了。小鱼是什么时候跳出水的？是半夜？是黄昏？耗子惊了你，还是你听到了猫叫？

蜡油滴了满地，我举着蜡烛的手，不知歪斜到什么程度。

屏着呼吸，我把鱼从地板上拾起来，再慢慢把它放到水里，好像亲手让我完成一件丧仪。沉重的悲哀压住了我的头，寒战了我的手。

短命的小鱼死了！是谁把你摧残死的？你还那样幼小，来到世界——说你来到鱼群吧，在鱼群中你还是幼芽一般正应该生长的，可是你死了！

郎华出去了，把空漠的屋子留给我。他回来时正在开门，我就迎上去说："小鱼没死，小鱼又活啦！"我一面拍着手，眼泪就要流出来。我到桌子上去取蜡烛，他敲着盆沿，没有动，鱼又不动了。

"怎么又不会动了？"手到水里去把鱼立起来，可是它又横过去。

"站起来吧。你看蜡油啊！……"他拉我离开盆边。

小鱼这回是真死了！可是过一会又活了。这回我们相信小鱼绝对不会死，离开水的时间太长，复一复原就会好的。

　　半夜郎华起来看，说它一点也不动了，但是不怕，那一定是又在休息。我招呼郎华不要动它，小鱼在养病，不要搅扰它。

　　天亮看它还在休息，吃过早饭看它还在休息。又把饭粒丢到盆中，我的脚踏起地板来也放轻些，只怕把它惊醒，我说小鱼是在睡觉。

　　这次睡觉就再没有醒。我用报纸包它起来，鱼鳞沁着血，一只眼睛一定是在地板上挣跳时弄破的。

　　就这样吧，我送它到垃圾箱去。

1935 年

孤独的生活

　　■■■■■　　蓝色的电灯，好像通夜也没有关，所以我醒来一次看看墙壁是发蓝的，再醒来一次，也是发蓝的。天明之前，我听到蚊虫在帐子外面嗡嗡嗡嗡地叫着，我想，我该起来了，蚊虫都吵得这样热闹了。

　　收拾了房间之后，想要做点什么事情。这点，日本与我们中国不同，街上虽然已经响着木屐的声音，但家屋仍和睡着一般的安静。我拿起笔来，想要写点什么，在未写之前必得要先想，可是这一想，就把所想的忘了！

　　为什么这样静呢？我反倒对着这安静不安起来。

　　于是出去，在街上走走，这街也不和我们中国的一样，也是太静了，也好像正在睡觉似的。

　　于是又回到了房间，我仍要想我所想的：在席子上面走着，吃一根香烟，喝一杯冷水，觉得已经差不多了，坐下来吧！写吧！

　　刚刚坐下来，太阳又照满了我的桌子。又把桌子换了位置，放在墙角去，墙角又没有风，所以满头流汗了。

　　再站起来走走，觉得所要写的，越想越不应该写，好，再另计划别的。

　　好像疲乏了似的，就在席子上面躺下来，偏偏帘子上有一个蜂子飞来，怕它刺着我，起来把它打跑了。刚一躺下，树上又有一个蝉开头叫起。蝉叫倒也不算奇怪，但只一个，听来那声音就特别大，我把头从窗子伸出去，想看看，到底是在哪一棵树上？可是邻人拍手的声音，比蝉声更大，他们在笑了。我是在看蝉，他们一定以为我是在看他们。

　　于是穿起衣裳来，去吃中饭。经过华的门前，她们不在家，两双拖鞋摆在木箱上面。她们的女房东，向我说了一些什么，我一个字也不懂，大概也就是说她们不在家的意思。日本食堂之类，自己不敢去，怕人看成个"阿墨林"。所以去的是中国饭馆，一进门那个戴白帽子的就说：

　　"伊拉瞎伊麻丝……"

　　这我倒懂得，就是"来啦"的意思。既然坐下之后，他仍说的是日本话，于是我跑到厨房去，对厨子说了：要吃什么，要吃什么。

　　回来又到华的门前看看，还没有回来，两双拖鞋仍摆在木箱上。她们的房东又不知向我说了些什么！

　　晚饭时候，我没有去找她们，出去买了东西回到家里来吃，照例买的面包和火腿。

吃了这些东西之后，着实是寂寞了。外面打着雷，天阴得昏昏沉沉的了。想要出去走走，又怕下雨，不然，又是比日里还要长的夜，又把我留在房间里了。终于拿了雨衣，走出去了，想要逛逛夜市，也怕下雨，还是去看华吧！一边带着失望一边向前走着，结果，她们仍是没有回来，仍是看到了两双拖鞋，仍是听到了那房东说了些我所不懂的话语。

假若，再有别的朋友或熟人，就是冒着雨，我也要去找他们，但实际是没有的。只好照着原路又走回来了。

现在是下着雨，桌子上面的书，除掉《水浒》之外，还有一本胡风译的《山灵》，《水浒》我连翻也不想翻，至于《山灵》，就是抱着我这一种心情来读，有意义的书也读坏了。

雨一停下来，穿着街灯的树叶好像萤火似的发光，过了一些时候，我再看树叶时，那就完全漆黑了。

雨又开始了，但我的周围仍是静的，关起了窗子，只听到屋瓦滴滴地响着。

我放下了帐子，打开蓝色的电灯，并不是准备睡觉，是准备看书了。

读完了《山灵》上《声》的那篇，雨不知道已经停了多久了？那已经哑了的权龙八，他对他自己的不幸，并不正面去惋惜，他正为着铲除这种不幸才来干这样的事情的。

已经哑了的丈夫，他的妻来见他的时候，他只把手放在嘴唇前面摆来摆去，接着他的脸就红了，当他红脸的时候，我不晓得那是什么心情激动了他？还有，他在监房里读着速成《国语读本》的时候，他的伙伴都想要说："你话都不会说，还学日文干什么！"

在他读的时候，他只是听到像是蒸气从喉咙漏出来的一样。恐怖立刻浸着了他，他慌忙地按了监房里的报知机，等他把人喊了来，他又不说什么，只是在嘴的前面摇着手。所以看守骂他："为什么什么也不说呢？混蛋！"

医生说他是"声带破裂"，他才晓得自己一生也不会说话了。

我感到了蓝色灯光的不足，于是开了那只白灯泡，准备再把《山灵》读下去。我的四面虽然更静了，等到我把自己也忘掉了时，好像我的周围也动荡了起来。

天还未明，我又读了三篇。

1936年　东京

永久的憧憬和追求

　　■■■■■■■■　一九一一年，在一个小县城里边，我生在一个小地主的家里。那县城差不多就是中国的最东最北部——黑龙江省——所以一年之中，倒有四个月飘着白雪。

　　父亲常常为着贪婪而失掉了人性。他对待仆人，对待自己的儿女，以及对待我的祖父都是同样的吝啬而疏远，甚至于无情。

　　有一次，为着房屋租金的事情，父亲把房客的全套的马车赶了过来。房客的家属们哭着，诉说着，向我的祖父跪了下来，于是祖父把两匹棕色的马从车上解下来还了回去。

　　为着这两匹马，父亲向祖父起着终夜的争吵。"两匹马，咱们是算不了什么的，穷人，这两匹马就是命根。"祖父这样说着，而父亲还是争吵。

　　九岁时，母亲死去。父亲也就更变了样，偶然打碎了一只杯子，他就要骂到使人发抖的程度。后来就连父亲的眼睛也转了弯，每从他的身边经过，我就像自己的身上生了针刺一样；他斜视着你，他那高傲的眼光从鼻梁经过嘴角而往下流着。

所以每每在大雪中的黄昏里，围着暖炉，围着祖父，听着祖父读着诗篇，看着祖父读着诗篇时微红的嘴唇。

父亲打了我的时候，我就在祖父的房里，一直面向着窗子，从黄昏到深夜——窗外的白雪，好像白棉一样飘着；而暖炉上水壶的盖子，则像伴奏的乐器似的振动着。

祖父时时把多纹的两手放在我的肩上，而后又放在我的头上，我的耳边便响着这样的声音：

"快快长吧！长大就好了。"

二十岁那年，我就逃出了父亲的家庭。直到现在还是过着流浪的生活。

"长大"是"长大"了，而没有"好"。

可是从祖父那里，知道了人生除掉了冰冷和憎恶而外，还有温暖和爱。

所以我就向这"温暖"和"爱"的方面，怀着永久的憧憬和追求。

1936 年

感情的碎片

　　近来觉得眼泪常常充满着眼睛，热的，它们常常会使我的眼圈发烧。然而它们一次也没有滚落下来。有时候它们站到了眼毛的尖端，闪耀着玻璃似的液体，每每在镜子里面看到。

　　一看到这样的眼睛，又好像回到了母亲死的时候。母亲并不十分爱我，但也总算是母亲。她病了三天了，是七月的末梢，许多医生来过了，他们骑着白马，坐着三轮车，但那最高的一个，他用银针在母亲的腿上刺了一下，他说：

　　"血流则生，不流则亡。"

　　我确确实实看到那针孔是没有流血，只是母亲的腿上凭空多了一个黑点。医生和别人都退了出去，他们在堂屋里议论着。我背向了母亲，我不再看她腿上的黑点。我站着。

　　"母亲就要没有了吗？"我想。

大概就是她极短的清醒的时候：

"……你哭了吗？不怕，妈死不了！"

我垂下头去，扯住了衣襟，母亲也哭了。

而后我站到房后摆着花盆的木架旁边去。我从衣袋取出来母亲买给我的小洋刀。

"小洋刀丢了就从此没有了吧?"于是眼泪又来了。

花盆里的金百合映着我的眼睛，小洋刀的闪光映着我的眼睛。眼泪就再没有流落下来，然而那是热的，是发炎的。

但那是孩子的时候。

而今则不应该了。

1936 年

女子装饰的心理

装饰本来不仅限于女子一方面的，古代氏族社会，男子的装饰不但极讲究，且更较女子而过。古代一切狩猎氏族，他们的装饰较衣服更为华丽，他们甘愿裸体，但对于装饰不肯忽视。所以装饰之于原始人，正如现在衣服之于我们一样重要。现在我们先讲讲原始人的装饰，然后由此推知女子装饰之由来。

原始人的装饰有两种，一种是固定的为黥创文身、穿耳、穿鼻、穿唇等；一种是活动的，就是连系在身体上暂时应用的，如带缨、纽子之类，他们装饰的颜色主要是红色，他们身上的涂彩多半以赤色条绘饰，因为血是红的，红色表示热烈，具有高度的兴奋力。就是很多的动物，对于赤色，也和人类一样容易感觉。原始人的生活大多是狩猎和战争，于猎事及战争极兴奋的时候，往往可见到血，这足以使红色有直接感觉，有强烈的情绪的联系。其次是黄色，也有相当的美感，也为原始人所采用，再是白色和黑色，但较少采用。他们装饰所选用的颜色，颇受他们的皮肤的颜色所影响，如白色和赤色对于黑色的澳洲人颇为采用，他们所采用的颜色是要与他们皮肤的颜色有截然分别的。

至于原始人对于装饰的观念怎样呢？他们究竟为什么要装饰？又为什么要这样装饰呢？这就谈到了他们装饰的心理问题了。

我们大概会惊异于他们这种重视装饰的心理罢，如黥身是他们身体装饰中最痛苦的，用刀或铁箭在身上刺成各种花纹，有的且刺满全身，他们竟于忍受痛苦而为其人的勇敢毅力的表示。而这种忍受，大都是为了装饰美观，极少含有其他作用。少年男女到了相当年龄，便执行着这种苦刑，而以为荣。以为假如身上没能刺刻着花纹，则将来很难找到爱侣。至于活动的装饰，如各种环缨之类的佩戴物，则一方面表示他们勇敢善战，不怯懦，一方面是引起异性的爱悦，因为他们都以勇敢善斗为荣。身上所佩戴的许多珍贵的装饰物，表示他们的富有，是以勇敢夺得或猎取来的。总之，原始人装饰的用意，一方面是引起异性爱悦，一方面是引起他人的敬畏。事实上，各种装饰是兼具此两种意义的，这实在是生存竞争中不可少和有效的工具。由这些情形看来，在原始社会中男子的装饰较女子讲究，也是因为原始社会的人民，没有确定的婚姻制度，无恒久的配偶，而女子在任何情形中都有结婚的机会，男子要得到伴侣，比较困难，故必须用种种手段以满足其欲望。

但在文明社会中，男女关系与此完全相反，男子处处站在优越地位，社会上一切法律权利都握在男子手中，女子全居于被动地位。虽然近年来有男女平等的法律，但在父权制度之下，女子仍然是被动的。因此，男子可以行动自由，女子至少要受相当的约制。这样一来，女子为达到其获得伴侣的欲望，因此也要借种种手段以取悦异性了。这种手段，便是装饰。

装饰主要的用意，大都是一方以取悦于男性，一方足以表示自己的高贵。脸上敷着白粉、红脂、口红、蔻丹等。刚才说过红色是原始人用作装饰的主要颜色，红白相称特别鲜明，不独引人注目，亦以表示其不亲劳动的身份。故牙齿既然是白的，口唇必须涂红。西洋妇女脸上涂橘黄色的粉，这是表示她们的富有，因为夏天海滨避暑为海风吹拂脸颊成黄色。白色最能显示脸部和身体的轮廓，原始人跳舞往往在夜间昏昏的灯光和月色之下，用白色在身体上涂成条纹，使身体轮廓显明，易为人注目。妇女用红、白二色饰脸部，也是利用其颜色鲜明，且红色其热烈性，易使人感动。中国少女结婚时多穿红衣红裙，大概不外这个意义。

女子装饰亦随社会习惯而变迁。昔人的观念，以柔弱娇小为美，故女子束腰裹脚之风盛行，有"楚王好细腰，宫中多饿死"者的惨事。近来体育发达，国人观念改变，重健康，好运动，女子以体格壮健肤色红黑为美。现在一班新进的女子，大都不饰脂粉，以太阳光下的红黑色肤色的天然风致为美了。黑色太阳镜之盛行，不外表示其常常外出的习惯而已。

1936 年

天空的点缀

用了我有点苍白的手，卷起窗纱来，在那灰色的云的后面，我看不到我所要看的东西（这东西是常见的，但它们真的载着炮弹飞起来的时候，这在我还是生疏的事情，也还是理想着的事情）。正在我踌躇的时候，我看见了，那飞机的翅子好像不是和平常的飞机的翅子一样——它们有大的也有小的——好像还带着轮子，飞得很慢，只在云彩的缝际出现了一下，好像云彩又赶上来把它遮没了。不，那不是一只，那是两只，以后又来了几只。它们都是银白色的，并且又都叫着呜呜的声音，它们每个都在叫着吗？这个，我分不清楚。或者它们每个在叫着的节拍像唱歌似的，是有一定的调子，也或者那在云幕当中撒下来的声音就是一片。好像在夜里听着海涛的声音似的，那就是一片了。

过去了！都过去了！心也有点平静下来。午饭时用过的家具，我要去洗一洗。刚一经过游廊，又被我看见了，又是两只。这次是在南边，前面一个，后面一个，银白色的，远看有点发黑，于是我听到了我的邻居在说：

"这是去轰炸虹桥飞机场。"

我只知道这是下午两点钟，从昨夜就开始的这战争。至于飞机我就不能够分别了，日本的呢？还是中国的呢？大概是日本的吧！因为是从北边来的，到南边去的，战地是在北边，中国虹桥飞机场是在南边。

我想日本去轰炸虹桥飞机场是真的，于是我又起了很多想头：是日本打胜了吧！所以安闲地去轰炸中国的后方，是……一定是，那么这是很坏的事情，他们这没止境的屠杀，一定要像大风里的火焰似的那么没有止境……

很快我批驳了我自己的这念头，很快我就被我这没有把握的不正确的热望压倒了：是中国，一定是中国占着一点胜利，日本受了些挫伤。假若是日本占着优势，他一定要冲过了中国的阵地而追上去，哪里有工夫用飞机来这边扩大战线呢？

风很大，在游廊上，我拿在手里的家具，感到了点沉重而动摇，一个小白铝锅的盖子，啪啦啪啦地掉下来了，并且在游廊上啪啦啪啦地跑着，我追住了它，就带着它到厨房去。

至于飞机上的炸弹，落了还是没落呢？我看不见，而且我也听不见，因为东北方面和西北方面的炮弹都在开裂着。甚至于那炮弹真正从哪方面出发，因着回音的关系，我也说不定了。

但那飞机的奇怪的翅子，我是看见了的，我是含着眼泪而看着它们，不，我若真的含着眼泪而看着它们，那就如同遇到了魔鬼而想教导魔鬼那般没有道理。

　　但在我的窗外，飞着飞着，飞去又飞来了，飞得那么高，好像有一分钟那飞机也没离开我的窗口。因为灰色的云层的掠过，真切了，朦胧了，消失了，又出现了，一个去了，一个又来了。看着这些东西，实在的，我的胸口有些疼痛。

　　一个钟头看着这样我从来没有看过的天空，看得疲乏了，于是，我看着桌上的台灯，台灯的绿色的伞罩上还画着菊花，又看到了箱子上散乱的衣裳，平日弹着的六条弦的大琴，依旧是站在墙角上一样，什么都是和平常一样，只有窗外的云，和平日有点不一样，还有桌上的短刀和平日有点不一样，紫檀色的刀柄上镶着两块黄铜，而且还装在红牛皮色的套子里。对于它，我看了又看，我相信我自己决不是拿着这短刀而赴前线。

1937 年

失眠之夜

　　为什么要这样失眠呢！烦躁、呕心、心跳、胆小，并且想要哭泣。

　　我想想，也许就是故乡的思虑罢。

　　窗子外面的天空高远了，和白棉一样绵软的云彩低近了，吹来的风好像带着点草原的气味，这就是说已经是秋天了。

　　在家乡那边，秋天最可爱。

　　蓝天蓝得有点发黑，白云就像银子做成的一样，就像白色的大花朵似的点缀在天上，就又像沉重得快要脱离开天空而坠了下来似的，而那天空就越显得高了，高得再没有那么高的。

　　昨天，我到朋友们的地方走了一遭，听来了好多的心愿——那许多心愿综合起来，又都是一个心愿——这回若真的打回满洲去，有的说：煮一锅高粱米粥喝，有的说：咱家那地豆多么大，说着就用手比量着：这么大，碗大；珍珠米，老的一煮就开了花的，一尺来长的，还有的说：高粱米粥、咸盐豆。还有的说，若真的打回满洲去，三天三夜不吃饭，打着大旗往家跑。跑到家去自然也免不了先吃高粱米粥或咸盐豆。

比方高粱米那东西，平常我就不愿意吃，很硬，有点发涩（也许因为我有胃病的关系），可是经他们这一说，也觉得非吃不可了。

但是什么时候吃呢？那我就不知道了。而况我到底是不怎样热烈的，所以关于这一方面，我终究是不怎样亲切。

但我想我们那门前的蒿草，我想我们那后园里开着的茄子的紫色的小花，黄瓜爬上了架。而那清早，朝阳带着露珠一齐来了！

我一说到蒿草或是黄瓜，三郎就向我摆手或摇头："不，我们家，门前是两棵柳树，树荫交结着做成门形。再前面是菜园，过了菜园就是山。那金字塔形的山峰正向着我们家的门口，而两边像蝙蝠的翅膀似的向着村子的东方和西方伸展开去。而后园黄瓜、茄子也种着，最好看的是牵牛花在石头墙的缝际爬遍了，早晨带着露水牵牛花开了……"

"我们家就不这样，没有高山，也没有柳树……只有……"我常常就这样打断他。

有时候，他也不等我说完，他就接下去。我们讲的故事，彼此都好像是讲给自己听，而不是为着对方。

只有那么一天，买来了一张《东北富源图》挂在墙上了，染着黄色的平原上站着小马、小羊，还有骆驼，还有牵着骆驼的小人；海上就是些小鱼、大鱼、黄色的鱼、红色的好像小瓶似的大肚的鱼，还有黑色的大鲸鱼；而兴安岭和辽宁一带画着许多和海涛似的绿色的山脉。

　　他的家就在离着渤海边不远的山脉中，他的指甲在山脉上爬着："这是大凌河……这是小凌河……哼……没有，这地图是个不完全的，是个略图……"

　　"好哇！天天说凌河，哪有凌河呢！"我不知为什么一提到家乡，常常愿意给他扫兴一点。

　　"你不相信！我给你看。"他去翻他的书橱去了，"这不是大凌河……小凌河……小孩的时候在凌河沿上捉小鱼，拿到山上去，在石头上用火烤着吃……这边就是沈家台，离我们家二里路……"因为是把地图摊在地板上看的缘故，一面说着，他一面用手扫着他已经垂在前额的发梢。

　　《东北富源图》就挂在床头，所以第二天早晨，我一张开了眼睛，他就抓住了我的手：

　　"我想将来我回家的时候，先买两匹驴，一匹你骑着，一匹我骑着……先到我姑姑家，再到我姐姐家……顺便也许看看我的舅舅去……我姐姐很爱我……她出嫁以后，每回来一次，临走的时候就哭一次，姐姐一哭，我也哭……这有七八年不见了！也都老了。"

　　那地图上的小鱼，红的、黑的，都能够看清，我一边看着，一边听着，这一次我没有打断他，或给他扫一点兴。

　　"买黑色的驴，挂着铃子，走起来……当啷啷当啷啷……"他形容着声音的时候就像他的嘴里边含着铃子似的在响。

　　"我带你到沈家台去赶集。那赶集的日子，热闹！驴身上挂着烧酒瓶……我们那边，羊肉非常便宜……羊肉炖片粉……真有味道！唉呀！这有多少年没吃那羊肉啦！"他的眉毛和额头上起着很多皱纹。

我在大镜子里边看到了他，他的手从我的手上抽回去，放在他自己的胸上，而后又反背着放在枕头下面去，但很快地又抽出来。只理一理他自己的发梢又放在枕头上去。

而我呢？我想：

"你们家对于外来的所谓'媳妇'也一样吗？"我想着就这样说了。

这失眠大概也许不是因为这个。但买驴子的买驴子，吃咸盐豆的吃咸盐豆，而我呢？坐在驴子上，所去的仍是生疏的地方，我停留着的仍然是别人的家乡。

家乡这个观念，在我本不甚切，但当别人说起来的时候，我也就心慌了！虽然那块土地在没有成为日本的之前，"家"对我就等于没有了。

这失眠一直继续到黎明，在黎明之前，在高射炮的声响中，我也听到了一声声和家乡一样的震抖在原野上的鸡鸣。

1937 年

《大地的女儿》与《动乱时代》

对于流血这件事我是憎恶的，断腿、断臂，还有因为流血过多而患着贫血症的蜡黄的脸孔们。我一看到，我必要想：

丑恶，丑恶，丑恶的人类！

史沫特烈①的《大地的女儿》和丽洛琳克的《动乱时代》，当我读完第一本的时候，我就想把这本书作一个介绍。可总是没有作，怕是自己心里所想的意思，因为说不好，就说错了。这种念头当我读着《动乱时代》的时候又来了，但也未能作，因为正是上海抗战的开始。我虽住在租界上，但高射炮的红绿灯在空中游着，就像在我的房顶上那么接近，并且每天夜里我总见过几次，有时候推开窗子，有时候也就躺在床上看。那个时候就只能够看高射炮和读读书了，要想谈论，是不可能的，一切刊物都停刊了。单就说读书这一层，也是糊里

①史沫特烈：即艾格尼丝·史沫特莱（1892—1950），美国著名记者、作家、社会活动家。

糊涂地读,《西洋文学史话》,荷马的《奥德赛》也是在那个时候读的。《西洋文学史话》上说,什么人发明了造纸,这"纸"对人类文化,有着多大的好处,后又经过某人发明了印刷机,这印刷机又对人类有多大的好处。于是也很用心读,感到人类生活的足迹是多么广泛啊!于是看着书中的插图和发明家们的画像,并且很吃力地想要记住那画像下面的人名。结果是越想求学问,学问越不得。也许就是现在学生们所要求的战时教育罢!不过在那时,我可没想到当游击队员。只是刚一开火,飞机、大炮、伤兵、流血,因为从前实在没有见过,无论如何我是吃不消的。

　　《动乱时代》的一开头就是:行李、箱子、盆子、罐子、老头、小孩、妇女和别的应该随身的家具。恶劣的空气,必要的哭闹外加打骂。买三等票的能坐到头等二等的车厢,买头等二等票的在三等车厢里得到一个位置就觉得满足。未满八岁的女孩——丽洛琳克——依着她母亲的膝头站在车厢的走廊上,从东普鲁士逃到柏林去。因为那时候,我也正想要离开上海,所以合上了书本想了一想,火车上是不是也就这个样子呢?这书的一开头与我的生活就这样接近。她写的是,1914年欧战一开始的情形,从逃难起,一直写下去,写到二十几岁。这位作者在书中常常提到她自己长得不漂亮。对这不漂亮,她随时感到一种怨恨自己的情绪。她有点蛮强,有点不讲理,她小的时候常常欺侮她的弟弟。弟弟的小糖人放在高处,大概是放在衣箱的后面,并且弟弟每天登着板凳向后面看他的小糖人。可是丽洛琳克也到底偷着给他吃了一半,剩下那小糖人的上身仍旧好好地站在那里。对于她这种行为我总觉得有点不当。因为我的哲学是:"不受人家欺侮就得啦，为什么还去欺侮人呢？"仔细想一想，有道理。一个人要想站在边沿上，要想站得牢是不可能的。一定这边倒倒，那边倒倒，若不倒到别人那边去，就得常常倒到自己这边来——也就是常常要受人家欺侮的意思。所以"不受人家欺侮就得啦"这哲学是行不通的（将来的社会不在此例）。丽洛琳克的力量就绝不是从我的那哲学培养出来的，所以她张开了手臂接受1914年开始的战争，她勇敢地呼吸着那么痛苦的空气。她的父亲，她的母亲都很爱她，但都一点也不了解她。她差不多经过了十年政党斗争的生活，可是终归离开了把她当作唯一安慰的母亲，并且离开了德国。

书的最末页我翻完了的时候，我把它放在膝盖上，用手压着，静静地听着窗外树上的蝉叫。"很可以""很可以"——我反复着这样的字句，感到了一种酸鼻的滋味。

史沫特烈我是见过的，是前年，在上海。她穿一件小皮上衣，有点胖，其实不是胖，只是很大的一个人，笑声很响亮，笑得过分的时候是会流着眼泪的。她是美国人。

男权中心社会下的女子，她从她父亲那里就见到了，那就是她的母亲。我恍恍惚惚地记得，她父亲赶着马车来了，带回一张花绸子。这张绸子指明是给她母亲做衣裳的，母亲接过来，因为没有说一声感谢的话，她父亲就指问着："你永远不会说一声好听的话吗？"男权社会中的女子就是这样的。她哭了，眼泪就落在那张花绸子上。女子连一点点东西都不能白得，哪怕不是自己所要的也得牺牲好话或眼泪。男子们要这眼泪一点用处也没有，但他们是要的。而流泪是痛苦的，因为泪腺的刺激，眼珠发胀，眼睑发酸发辣，可是非牺牲不可。

《大地的女儿》的全书是晴朗的，健康的，艺术的，有的地方会使人发抖，那么真切。

前天是个愉快的早晨，我起得很早，生起了火炉，室内的温度是摄氏表十五度，杯子是温暖的，桌面也是温暖的，凡是我的手所接触到的都是温暖的，虽然外边落着雨，间或落着雪花。昨天为着介绍这两本书而起的嘲笑的故事，我都要一笔一笔地记下来。当我借来了这两本书（要想重新翻一翻），被他们看见了。用那么苗细的手指彼此传过去，而后又怎样把它放在地板上：

"这就是你们女人的书吗？看一看！它在什么地方！"话也许不是这样说的，但就是这个意思。因为他们一边说着一边笑着，并且还唱着古乐谱：

"工车工车上……六工尺①……"这唱古乐谱的手中还拿着中国毛笔杆，他的脸用一本书遮上了上半段。他越反复越快，简直连成串了。

嗯！等他听到说这《大地的女儿》写得好，转了风头了。

他立刻停止了唱"工尺"，立刻笑着、叫着，并且用脚跺着地板，好像这样的喜事从前没有被他遇见过："是呵！不好，不好……"

另一个也发狂啦！他的很细的指尖在指点着书的封面："这就是吗？《动乱时代》……这位女作家就是两匹马吗？"当然是笑得不亦乐乎："《大地的女儿》就这样，不穿衣裳，看唉！看唉！"

这样新的刺激我也受不住了，我的胸骨笑得发痛。《大地的女

———————

①工尺：即"工尺谱"，中国民间传统记谱之一，用工、尺等字记写唱名而得名。

儿》的封面画一个裸体的女子。她的周围：一条红，一条黄，一条黑，大概那表现的是地面的气圈。她就在这气圈里边像是飞着。

这故事虽然想一想，但并没有记一笔，我就出去了，打算到菜市场去买一点菜回来。回来的时候在一家门楼下面，我看见了一堆草在动着。因为是小巷，行人非常稀少，我忽然有一种害怕的感觉。这是人吗？人会在这个地方吗？坐起来了，是个老头，一件棉袄是披着，赤裸的胸口跳动在草堆外面。

我把菜放在家里，拿了钱又转回来的时候，他的胸膛还跳动在草堆的外面。

"你接着啊！我给你东西。"

稀疏地落着雪花的小巷里，我的雨伞上同时也有雨点在啪啪地跳着。

"给你，给你东西呀！"

这个我听到他说了：

"我是瞎子。"

"你伸出手来！"

他周遭的碎草苏嘎地响着，是一只黄色的好像生了锈的黄铜的手和小爪子似的向前翻着。我跑上台阶去，于是那老头的手心上印着一个圆圆的闪亮的和银片似的小东西。

我憎恶打仗，我憎恶断腿、断臂。等我看到了人和猪似的睡在墙根上，我就什么都不憎恶了，打吧！流血吧！不然，这样猪似的，不是活遭罪吗？

有几位女同学到我家里过，在这抗战时期她们都感苦闷。到前方去工作呢？而哪里又收留她们工作呢？这种苦闷会引起一时的觉醒来。不是这觉醒不好，一时的也是好的，但我觉得应该更长一点。比方那老头明明是人不是猪，而睡在墙根上，这该作何讲解呢？比方女人明明也是人，为什么当她得到一块衣料的时候，也要哭泣一场呢？理解是应该理解的，做不到不要紧，准备是必须的。所以我对她们说："应该多读书。"尤其是这两本书，非读不可。我也体验得到她们那种心情，急于要找实际的工作，她们的心已经悬了起来。不然是落不下来的，就像小麻雀已经长好了翅子，脚是不会沾地的。

　　这种苦闷是热烈的，应该同情的。但是长久了是不行的，抗战没有到来的时候，脑子里头是个白丸。抗战到来了，脑子里是个苦闷。抗战过去了，脑子里又是个白丸。这是不行的，抗战是要建设新中国，而不是中国塌台。

　　又想起来了：我敢相信，那天晚上的嘲笑决不是真的，因为他们是智识分子，并且是维新的而不是复古的。那么说，这些话也只不过是玩玩，根据年轻好动的心理，大家说说笑笑，但为什么常常要取着女子做题材呢？

　　读读这两本书就知道一点了。

　　不是我把女子看得过于了不起，不是我把女子看得过于卑下，只是在现在社会中，以女子出现造成这种斗争的记录，在我觉得她们是勇敢的，是最强的，把一切都变成了痛苦出卖而后得来的。

1938 年

记我们的导师
——鲁迅先生生活的片段

████████　　青年人写信写得太草率，鲁迅先生是深恶痛绝之的。

"字不一定要写得好，但必须得使人一看了就认识，青年人现在都太忙了……他自己赶快胡乱写完了事，别人看了三遍五遍看不明白，这费了多少工夫，他不管，反正这费了工夫不是他的。这存心是不太好的。"

但他还是展读着每封由不同角落里投来的青年的信，眼睛不济时，便戴起眼镜来看，常常看到夜里很深的时光。

珂勒惠支的画，鲁迅先生最佩服，同时也很佩服她的做人。珂勒惠支受希特勒的压迫，不准她做教授，不准她画画，鲁迅先生常讲到她。

史沫特烈，鲁迅先生也讲到，她是美国女子，帮助印度独立运动，现在又在援助中国。

他对这两个女子都起着由衷的敬重。

鲁迅先生的笑声是爽朗的，是从心里的欢喜。若有人说了什么可笑的话，鲁迅先生笑得连烟卷都拿不住了，常常是笑得咳嗽起来。

鲁迅先生喜欢吃清茶，其余不吃别的饮料。咖啡、可可、牛奶、汽水之类，家里都不预备。

鲁迅先生的休息，不听留声机，不出去散步，也不倒在床上睡觉，鲁迅先生自己说：

"坐在椅子上翻一翻书就是休息了。"

老靶子路有一家小吃茶店，只有一间门面，座少，安静，光线不充足，有些冷落。鲁迅先生常到这吃茶店来。有约会多半是在这里边的。老板是白俄，胖胖的。中国话大概他听不懂。

鲁迅先生这一位老人，穿着布袍子，有时到这里来，泡一壶红茶，和青年人坐在一道谈了一两个钟头。

有一天鲁迅先生的背后那茶座里边坐着一位摩登女子，身穿紫裙子黄衣裳，头戴花帽子……那女子临走时，鲁迅先生一看她，就用眼瞪着她，很生气地看了她半天。而后说：

"是做什么的呢……"

鲁迅先生对于穿着紫裙子黄衣裳，戴花帽子的人，就是这样看法的。

鬼到底是有的是没有的？传说上有人见过，还跟鬼说过话，还有人被鬼在后边追赶过，吊死鬼一见了人就贴在墙上。但没有一个人捉住一个鬼给大家看看。

鲁迅先生讲了他看见过鬼的故事给大家听：

"是在绍兴……"鲁迅先生说："三十年前……"

那时鲁迅先生从日本读书回来，在一个师范学堂里（也不知是什么学堂里）教书，晚上没有事时，鲁迅先生总是到朋友家去谈天。这朋友的住所离学堂几里路，几里路不算远，但必得经过一片坟地。谈天有的时候谈得晚了，十一二点钟方回学堂的事也常有。有一天鲁迅先生就回去得很晚，天空有很大的月亮。

鲁迅先生向着归路走得很起劲时，往远处一看，远远有一个白影。

鲁迅先生不相信鬼的，在日本留学时学的是医，常常把死人抬来解剖的，解剖过二十几个，不但不怕鬼，对死人也不怕，所以对坟地也就根本不怕，仍旧向前走。

走了几步，那远处的白影没有了，再看，突然又有了。并且时大时小，时高时低，正和鬼一样。鬼不就是变幻无常的吗？

鲁迅先生有点踌躇了：到底向前走呢？还是回过头来走？本来回学堂不只这一条路，这不过是最近的一条路就是了。

鲁迅先生仍是向前走的，到底要看一看鬼是什么样，虽然那时候也有点怕了。

鲁迅先生那时从日本回来不久，所以还穿着硬底反鞋。鲁迅先生决心要给那鬼一个致命的打击，等走到那白影旁边时，那白影缩小了，蹲下了，一声不响地靠住了一个坟堆。

鲁迅先生就用了他的硬皮鞋踢出去。

那白影"噢"的一声叫出来，随着就站起来。鲁迅先生定睛看去，却是一个人。

鲁迅先生说，他在踢的时候，是很害怕的，好像若一下不把那东西踢死，自己反而会遭殃似的，所以用了全力踢出去。

"原来是个盗墓子的人在坟场上半夜做着工作。"

鲁迅先生说到这里，就笑了起来。

"鬼也是怕踢的，踢他一脚立刻就变成人了。"

我想，鬼若是常常让鲁迅先生踢踢倒是好的，因为给了他一个做人的机会。

鲁迅先生包一个纸包也要包得整整齐齐，常常把要寄出的书，从许先生手里取过来自己包，说许先生包得不好。许先生本来包得多么好，而鲁迅先生还要亲自动手。

鲁迅先生把书包好了，用细绳捆上，那包方方正正的，连一个角也不准歪一点或扁一点，而后拿着剪刀，把捆书的那小绳头都剪得整整齐齐。

就是包这书的纸都不是新的，都是从街上买东西回来留下来的。许先生上街回来把买来的东西，一打开随手就把包东西的牛皮纸折起来，随手把小细绳圈了一个圈。若小细绳上有一个疙瘩，也要随手把它解开的。备着随时用随时方便。

　　鲁迅先生的身体不大好，容易伤风，伤风之后，照常要陪客人，回信，校稿子。所以伤风之后总要拖下去一个月或半个月的。

　　瞿秋白的《海上述林》校样，一九三五年冬和一九三六年的春天，鲁迅先生不断地校着，几十万字的校样，要看三遍，而印刷所送校样来总是十页八页的，并不是通通一道送来，所以鲁迅先生不断地被这校样催索着，鲁迅先生竟说：

　　"看吧，一边陪着你们谈话，一边看校样的，眼睛可以看，耳朵可以听……"

　　有时客人来了，鲁迅先生一边说着笑话，一边放下了笔。

　　有的时候竟说：

　　"就剩几个字了，几个字……请坐一坐……"

　　一九三五年冬天，许先生说：

　　"周先生的身体是不如从前了。"

　　有一次，鲁迅先生到饭馆里请一次客人，来的时候兴致很好，还记得那次吃了一只烤鸭子，整个的鸭子用大钢叉子叉上来时，大家看这鸭子烤得又油又亮的，鲁迅先生也笑了。

　　菜刚上满了，鲁迅先生就到竹躺椅上去吸一支烟，并且阖一阖眼睛。一吃完饭，有的喝多了酒的，大家都乱闹了起来，彼此抢着苹果，彼此讽刺着玩，说着一些刺人可笑的话。而鲁迅先生这时候，坐在躺椅上，阖着眼睛，很庄严地沉默着，让拿在手上纸烟的烟丝，慢慢地上升着。

别人以为鲁迅先生也是喝多了酒吧！

许先生说并不是的。

"周先生的身体是不如从前了，吃过了饭总要阖一阖眼睛，稍微休息一下，从前一向没有这习惯。"

周先生从椅子上站起来了，大概说他喝多了酒的话让他听到了。

"我不多喝酒的。小的时候，母亲常提到父亲喝了酒，脾气怎样坏，母亲说，长大了不要喝酒，不要像父亲那样子……所以我不多喝的……从来没喝醉过……"

鲁迅先生休息好了，换了一支烟，站起来也去拿苹果吃，可是苹果没有了。鲁迅先生说：

"我争不过你们了，苹果让你们抢没了。"

有人把抢到手的还在保存着的苹果奉献出来，鲁迅先生没有吃，只在吸烟。

从那以后，先生的健康便显出不如从前了，这以后一直到鲁迅先生病。

那留待以后有机会再续记吧。

1939 年

茶 食 店

黄桷树镇上开了两家茶食店，一家先开的，另一家稍稍晚了两天。第一家的买卖不怎样好，因为那吃饭用的刀叉虽然还是闪光闪亮的外来品，但是别的玩意儿不怎样全，就是说比方装胡椒粉那种小瓷狗之类都没有，酱油瓶是到临用的时候，从这张桌又拿到那张桌的乱拿。墙上什么画也没有，只有一张好似从糖盒子上掀下来的花纸似的那么一张外国美人图，有一尺长不到半尺宽那么大，就用一个图钉钉在墙上的，其余这屋里的装饰还有一棵大芭蕉。

这芭蕉第一天是绿的，第二天是黄的，第三天就腐烂了。

吃饭的人，第一天彼此说"还不错"，第二天就说苍蝇太多了一点，又过了一两天，人们就对着那白盘子里炸着的两块茄子，翻来覆去地看，用刀尖割一下，用叉子去叉一下。

"这是什么东西呢，两块茄子，两块洋山芋，这也算是一个菜吗？就这玩意儿也要四角五分钱？真是天晓得。"

这西餐馆只开了三五日，镇上的人都感到不大满意了。

第二家一开，那些镇上的从城里躲轰炸而来住在此地的人和一些设在这镇上学校或别的办公厅的一些职员，当天的晚饭就在这里吃的。

盘子、碗、桌布、茶杯、糖罐、酱醋瓶、连装烟灰的瓷碟，都聚了三四个人在那里抢着看，……这家与那家的确不同，是里外两间屋，厨房在什么地方，使人看不见，煎菜的油烟也闻不到，墙上挂着两张画像是老板自己画的，看起来老板颇懂艺术……并且刚一开业，就开了留声机，这留声机已经好几个月没有听过了。从"五四"轰炸起，人们来到这镇上，过的就是乡下人的生活。这回一听好像这留声机非常好，唱片也好像是全新的，声音特别清楚。

一个汤上来了，"不错，真有味道……"

第二个是猪排，这猪排和木片似的，有的人就你看看我，我看看你，想要对这猪排讲点坏话。可是那唱着的是一个外国歌，很愉快，那调子带了不少高低的转弯，好像从来也未听过似的那样好听，所以便对这硬的味道也没有的猪排，大家也就吃下去了。

奶油和冰淇淋似的，又甜又凉，涂在面包上，很有一种清凉的气味，好像涂的是果子酱；那面包拿在手里不用动手去撕就往下掉着碎末，像用锯末做的似的。大概是和利华药皂放在一起运来的，但也还好吃，因为它终究是面包，终究不是别的什么馒头之类呀！

坐在这茶食店的里间里，那张长桌一端上的主人，从小白盘子里拿起账单看了一看。

统共请了八位客人，才八块多钱。

"这不多。"他说，从口袋里取出十元票子来。

别人把眼睛转过去，也说：

"这不多……不算贵。"

临出来时，推开门，还有一个顶愿意对什么东西都估价的，还回头看了看那摆在门口的痰盂。他说："这家到底不错，就这一只痰盂吧，也要十几块钱。"（其实就是上海卖八角钱一个的）

这一次晚餐，一个主人和他的七八个客人都没吃饱，但彼此都不发表，都说：

"明天见，明天见。"

他们大家各自走散开了，一边走着一边有人从喉管往上冲着利华皂的气味，但是他们想："这不贵的，这到底不是西餐吗！"而且那屋子多么像个西餐的样子，墙上有两张外国画，还有瓷痰盂，还有玻璃杯，那先开的那家还成吗？还像样子吗？那买卖还成吗？

他们脑筋闹得很忙乱，回家去了。

1939 年

长 安 寺

接引殿里的佛前灯一排一排的，每个顶着一颗小灯花燃在案子上。敲钟的声音一到接近黄昏时候就稀少下来，并且渐渐地简直一声不响了。因为烧香拜佛的人都回家去吃着晚饭。

大雄宝殿里，也同样哑默默地，每个塑像都站在自己的地盘上忧郁起来，因为黑暗开始挂在他们的脸上。长眉大仙，伏虎大仙，赤脚大仙，达摩，他们分不出哪个是牵着虎的，哪个是赤着脚的。他们通通安安静静地同叫着别的名字的许多塑像分站在大雄宝殿的两壁。

只有大肚弥勒佛还在笑眯眯地看着打扫殿堂的人，因为打扫殿堂的人把小灯放在弥勒佛脚前的缘故。

厚沉沉的圆圆的蒲团，被打扫殿堂的人一个一个地拾起来，高高地把它们靠着墙堆了起来。香火着在释迦牟尼的脚前，就要熄灭的样子，昏昏暗暗地，若不去寻找，简直看不见了似的，只不过香火的气息缭绕在灰暗的微光里。

　　接引殿前石桥下边池里的小龟，不再像日里那样把头探在水面上。用胡芝麻磨着香油的小石磨也停止了转动。磨香油的人也在收拾着家具。庙前喝茶的都戴起了帽子，打算回家去。冲茶的红脸的那个老头，在小桌上自己吃着一碗素面，大概那就是他的晚餐了。

　　过年的时候，这庙就更温暖而热气腾腾的了，烧香拜佛的人东看看，西望望，用着他们特有的悠闲，摸一摸石桥的栏杆的花纹，而后研究着想多发现几个桥下的乌龟。有一个老太婆背着一个黄口袋，在右边的胯骨上，那口袋上写着"进香"两个黑字。她已经跨出了当门的殿堂的后门，她又急急忙忙地从那后门转回去。我很奇怪地看着她，以为她掉了东西。大家想想看吧！她一翻身就跪下，迎着殿堂的后门向前磕了一个头。看她的年岁，有六十多岁，但那磕头的动作，来得非常灵活，我看她走在石桥上也照样的精神而庄严。为着过年才做起来的新缎子帽，闪亮地向着接引殿去朝拜了。佛前钟在一个老和尚手里拿着的钟锤下当当地响了三声，那老太婆就跪在蒲团上安详地磕了三个头。这次磕头却并不像方才在前面殿堂的后门磕得那样热情而慌张。我想了半天才明白，方才，就是前一刻，一定是她觉得自己太疏忽了，怕是那尊面向着后门口的佛见怪，而急急忙忙地请他恕罪的意思。

　　卖花生糖的肩上挂着一个小箱子，里边装了三四样糖：花生糖，炒米糖，还有胡桃糖。卖瓜子的提着一个长条的小竹篮，篮子的一头是白瓜子，一头是盐花生。而这里不大流行难民卖的一包一包的"瓜子大王"。青茶，素面，不加装饰的，一个铜板随手抓过一撮来就放在嘴上磕的白瓜子，就已经十足了。所以在这庙里吃茶的人，都觉别有风味。

耳朵听的是梵钟和诵经的声音，眼睛看的是些悠闲而且自得的游庙或烧香的人，鼻子所闻到的，不用说是檀香和别的香料的气息，所以这种吃茶的地方确实使人喜欢，又可以吃茶，又可以观风景看游人，比起重庆的所有的吃茶店来都好。尤其是那冲茶的红脸的老头，他总是高高兴兴的，走路时喜欢把身子向两边摆着，好像他故意把重心一会放在左腿上，一会放在右腿上。每当他掀起茶盅的盖子时，他的话就来了，一串一串的，他说：我们这四川没有啥好的，若不是打日本，先生们请也请不到这地方。他再说下去，就不懂了，他谈得和诗句一样。这时候他要在茶盅冲开水，开水从壶嘴如同一条冰落进茶盅来。他拿起盖子来把茶盅扣住了，那里边上下游着的小鱼似的茶叶也被盖子扣住了，反正这地方是安静得可喜的，一切都是太平无事。

××坊的水龙就在石桥的旁边和佛堂斜对着面，里边放置着什么，我没有机会去看。但有一次重庆的防空演习我是看过的，用人推着瓦瓦的山响的水龙，一个水龙大概可装两桶水的样子，可是非常沉重，四五个人连推带挽。若着起火来我看那水龙到不了火已经着落了。那仿佛就写着什么××坊一类的字样。唯有这些东西，在庙里算是一个不调和的设备，而且也破坏了安静和统一。庙的墙壁上，不是大大地写着"观世音菩萨"吗？庄严静妙，这是一块没有受到外面的侵扰的重庆的唯一的地方。佛说，一花一世界，这是一个小世界，应作如是观。

　　但我突然神经过敏起来——可能有一天这上面会落下了敌人的一颗炸弹。而可能的那两条水龙也救不了这一场大火。那时，那些喝茶的将没有着落了，假如他们不愿意茶摆在瓦砾场上。

　　我顿然地感到悲哀。

1939年

林 小 二

　　在一个有太阳的日子，我的窗前有一个小孩在弯着腰大声地喘着气。

　　我是在房后站着，随便看着地上的野草在晒太阳。山上的晴天是难得的，为着使屋子也得到干燥的空气，所以门是开着。接着就听到或者是草把，或者是刷子，或者是一只有弹性的尾巴，沙沙地在地上拍着，越听到拍的声音越真切，就像已经在我的房间的地板上拍着一样。我从后窗子再经过开着的门隔着屋子看过去，看到了一个小孩手里拿着扫帚在弯着腰大声地喘着气。

　　而他正用扫帚尖扫在我的门前土坪上，那不像是扫，而是用扫帚尖在拍打。

　　我心里想，这是什么事情呢？保育院的小朋友们从来不到这边做这样的事情。我想去问一问，我心里起着一种亲切的情感对那孩子。刚要开口又感到特别生疏了，因为我们住的根本并不挨近，而且仿佛很远，他们很少时候走来的。我和他们的生疏是一向生疏下来的，虽然每天听着他们升旗降旗的歌声，或是看着他们放在空中的风筝。

那孩子在小房的长廊上扫了很久很久。我站在离他远一点的地方看着他。他比那扫地的扫帚高不了多少，所以是用两只手抱着扫帚，他的扫帚尖所触过的地方，想要有一个黑点留下也不可能。他是一边扫一边玩，我看他把一小块粘在水门汀走廊上的泥土，用鞋底擦着，没有擦起来，又用手指甲掀着，等掀掉了那块泥土，又抢起扫帚来好像抢着鞭子一样地把那块掉的泥土抽了一顿，同时嘴里边还念叨了些什么。走廊上靠着一张竹床，他把竹床的后边扫了。完了又去移动那只水桶，把小脸孔都累红了。

这时，院里的一位先生到这边来，当她一走下那高坡，她就用一种响而愉快的声音呼唤着他：

"林小二！……林小二在这里做什么？……"

这孩子的名字叫林小二。

"啊！就是那个……林小二吗？"

那位衣襟上挂着圆牌子的先生说：

"是的……他是我们院里的小名人，外宾来访也访问他。他是流浪儿，在汉口流浪了几年的。是退却之前才从汉口带出来的。他从前是个小叫花，到院里来就都改了，比别的小朋友更好。"

接着她就问他：

"谁叫你来扫的呀？哪个叫你扫地？"

那孩子没有回答，摇摇头。我也随着走到他旁边去。

"你几岁，小朋友？"

他也不回答我，他笑了，一排小牙齿露了出来。那位先生代他说是十一岁了。

关于林小二，是在不久之前我才听说的。他是汉口街头的小叫花，已经两三年就是小叫花了。他不知道父亲母亲是谁，他不知道他姓什么，他不知道自己的名字是从哪里来的。他没有名，没有姓，没有父亲母亲。林小二，就是林小二。人家问："你姓什么？"他摇摇头。人家问："你就是林小二吗？"他点点头。

从汉口刚来到重庆时，这些小朋友们住在重庆，林小二在夜里把所有的自来水龙头都放开了，楼上楼下都湿了……又有一次，自来水龙头不知是谁偷着打开的，林小二走到楼上，看见了，便安安静静地，一个一个关起来。而后，到先生那儿去报告，说这次不是他开的了。

现在在林小二在房头上站着，高高的土丘在他的旁边，他弯下腰去，一颗一颗地拾着地上的黄土块。那些土块是院里的别的一些小朋友玩着抛下来的，而他一块一块地从房子的临近拾开去。一边拾着，他的嘴里一边念叨什么似的自己说着话，他带着非常安闲而寂寞的样子。

我站在很远的地方看着他，他拾完了之后就停在我的后窗子的外边，像一个大人似的在看风景。那山上隔着很远很远的偶尔长着一棵树，那山上的房屋，要努力去寻找才能够看见一个，因为绿色的菜田过于不整齐的缘故，大块小块割据着山坡，所以山坡上的人家像大块的石头似的，不容易被人注意而混扰在石头之间了。山下则是一片水田，水田明亮得和镜子似的，假若有人掉在田里，就像不会游泳的人沉在游泳池里一样，在感觉上那水田简直和小湖一样了。田上看不见收拾苗草的农人，落雨的黄昏和起雾的早晨，水田通通是自己睡在山边上，一切是寂静的，晴天和阴天都是一样的寂静。只有山下那条发白的公路，每隔几分钟，就要有大汽车从那上面跑过。车子从看得见的地方跑来，就带着轰轰的响声，有时竟以为是飞机从头上飞过。山中和平原不同，震动的响声特别大，车子就跑在山的夹缝中。若遇着成串的运着军用品的大汽车，就把左近的所有的山都震鸣了，而保育院里的小朋友们常常听着他们的欢呼，他们叫着，而数着车子的数目，十辆二十辆常常经过，都是黄昏以后的时候。林小二仿佛也可以完全辨认出这些感觉似的在那儿努力地辨认着。林小二若伸出两手来，他的左手将指出这条公路重庆的终点，而右手就要指出到成都去的方向罢。但是林小二只把眼睛看到墙根上，或是小土坡上，他很寂寞地自己在玩着，嘴里仍旧念叨着什么似的自己在说话。他的小天地，就是他周遭一丈远，仿佛他向来不想走上那公路的样子。

他发现了有人在远处看着他，他就跑了，很害羞的样子跑掉的。

我又看见他，就是第二次看见他，是一个雨天。一个比他高的小朋友，从石阶上一磴（dèng）一磴地把他抱下来。这小叫花子有了朋友了，接受了爱护了。他是怎样一定会长得健壮而明朗的呀……他一定的，我想起班台来夫①的《表》。

1939 年

---

①班台来夫：即班台莱耶夫（1908—1987），前苏联儿童文学家。《表》是他的早期作品之一，作者以明朗、有趣、活泼、简洁的文笔，描写了一个失去双亲、无家可归的流浪儿彼奇卡。

给流亡异地的东北同胞书

沦落在异地的东北同胞们：

当每个中秋的月亮快圆的时候，我们的心总被悲哀装满。想起高粱油绿的叶子，想起白发的母亲或幼年的亲眷。

他们的希望曾随着秋天的满月，在幻想中赊取了十次。而每次都是月亮如期地圆了，而你们的希望却随着高粱叶子萎落。但是，自从"八一三"之后，上海的炮火响了，中国政府的积极抗战揭开，成了习惯的愁惨的日子，却在炮火的交响里，焕成了鼓动、兴奋和感激。这时，你们一定也流泪了，这是鼓舞的泪，兴奋的泪，感激的泪。

记得抗战以后，第一个可欢笑的九一八是怎样纪念的呢？

中国飞行员在这天做了突击的工作。他们对于出云舰的袭击做了出色的成绩。

那夜里，江面上的日本神经质的高射炮手，浪费地惊恐地射着炮弹，用红色的绿色的淡蓝色的炮弹把天空染红了。但是我们的飞行

员，仍然以精确的技巧和沉毅的态度（他们有好多是东北的飞行员）
来攻击这摧毁文化摧残和平的法西斯魔手。几百万的市民都仰起头来
寻觅——其实他们什么也看不见的，但他们一定要看，在黑魆魆的天
空里，他们看见了我们民族的自信和人类应有的光辉。

第一个煽惑起东北同胞的思想的是：

"我们就要回老家了！"

家乡多么好呀，土地是宽阔的，粮食是充足的，有顶黄的金子，
有顶亮的煤，鸽子在门楼上飞，鸡在柳树下啼着，马群越着原野而
来，黄豆像潮水似的在铁道上翻涌。

人类对着家乡是何等地怀恋呀，黑人对着"迪斯"痛苦的向往；
爱尔兰的诗人夏芝①定要回到那"蜂房一窠，菜畦九垄"的"茵尼斯"
去不可；水手约翰·曼殊斐尔（英国桂冠诗人）狂热地要回到海
上。

但是等待了十年的东北同胞，十年如一日，我们心的火越着越
亮，而且路子显现得越来越清楚。我们知道我们的路，我们知道我们
的作战位置——我们的位置，就是站在别人的前边的那个位置。我们
应该是第一个打开了门而是最末走进去的人。

抗战到现在已经遭遇到最艰苦的阶段，而且也就是最后胜利接触

---

①夏芝：即爱尔兰诗人、剧作家和散文家叶芝（1865—1939），1923年
获诺贝尔文学奖。代表作品有《钟楼》《盘旋的楼梯》《驶向拜占庭》等。
《茵尼斯芙利湖岛》也是他的名诗。

的阶段。在贾克·伦敦①所写的一篇短篇小说上，描写两个拳师在冲击的斗争里，只系于最后的一拳。而那个可怜的老拳师，所以失败了的原因，也只在少吃了一块"牛扒"。假如事先他能吃得饱一点，胜利一定是他。中国的胜利是经过了这个最后的阶段，而东北人民在这里是决定的一环。

东北流亡同胞们，我们的地大物博，决定了我们的沉着毅勇，正如敌人的家当使他们急功切进一样。在最后的斗争里，谁打得最沉着，谁就会得胜。

我们应该献身给祖国做前卫工作，就如我们应该把失地收复一样，这是我们的命运。

东北流亡同胞，为了失去的土地上的大豆、高粱，努力吧！为了失去了土地的年老的母亲，努力吧！为了失去的地面上的痛心的一切的记忆，努力吧！

谨此即颂

健康

萧红

1941 年

①贾克·伦敦：即杰克·伦敦（1876—1916），美国著名的现实主义作家，生于旧金山，代表作有《马丁·伊登》《野性的呼唤》《海狼》等小说。

九一八致弟弟书

可弟[①]：小战士，你也做了战士了，这是我想不到的。

世事恍恍惚惚地就过了；记得这十年中只有那么一个短促的时间是与你相处的，那时间短到如何程度，现在想起就像连你的面孔还没有来得及记住，而你就去了。

记得当我们都是小孩子的时候，当我离开家的时候，那一天的早晨你还在大门外和一群孩子们玩着，那时你才是十三四岁的孩子，你什么也不懂，你看着我离开家向南大道上奔去，向着那白银似的满铺着雪的无边的大地奔去。你连招呼都不招呼，你恋着玩，对于我的出走，你连看我也不看。

而事隔六七年，你也就长大了，有时写信给我，因为我的漂流不定，信有时收到，有时收不到。但在收到的信中我读了之后，竟看不

①可弟：即萧红的弟弟张秀珂（1916—1956）。

见你，不是因为那信不是你写的，而是在那信里边你所说的话，都不像是你说的。这个不怪你，都只怪我的记忆力顽强，我就总记着，那顽皮的孩子是你，会写了这样的信的，会说了这样的话的，哪能够是你。比方说——生活在这边，前途是没有希望，等等。

这是什么人给我的信，我看了非常的生疏，又非常的新鲜，但心里边都不表示什么同情，因为我总有一个印象，你晓得什么，你小孩子，所以我回你的信的时候，总是愿意说一些空话，问一问家里的樱桃树这几年结樱桃多少？红玫瑰依旧开花否？或者是看门的大白狗怎样了？关于你的回信，说祖父的坟头上长了一棵小树。在这样的话里，我才体味到这信是弟弟写给我的。

但是没有读过你的几封这样的信，我又走了。越走越离得你远了，从前是离着你千百里远，那以后就是几千里了。

而后你追到我最先住的那地方，去找我，看门的人说，我已不在了。

而后婉转的你又来了信，说为着我在那地方，才转学也到那地方来念书。可是你扑空了。我已经从海上走了。

可弟，我们都是自幼没有见过海的孩子，可是要沿着海往南下去了，海是生疏的，我们怕，但是也就上了海船，飘飘荡荡的，前边没有什么一定的目的，也就往前走了。

那时到海上来的，还没有你们，而我是最初的。我想起来一个笑话，我们小的时候，祖父常讲给我们听，我们本是山东人，我们的曾祖，担着担子逃荒到关东的。而我们又将是那个未来的曾祖了，我们的后代也许会在那里说着，从前他们也有一个曾祖，坐着渔船，逃荒到南方的。

　　我来到南方，你就不再有信来。一年多又不知道你那方面的情形了。

　　不知多久，忽然又有信来，是来自东京的，说你是在那边念书了。恰巧那年我也要到东京去看看。立刻我写了一封信给你，你说暑假要回家的，我写信问你，是不是想看看我，我大概七月下旬可到。

　　我想这一次可以看到你了。这是多么出奇的一个奇遇。因为想也想不到，会在这样一个地方相遇的。

　　我一到东京就写信给你，你住的是神田町，多少多少番。本来你那地方是很近的，我可以请朋友带了我去找你。但是因为我们已经不是一个国度的人了，姐姐是另一国的人，弟弟又是另一国的人。直接地找你，怕与你有什么不便。信写去了，约的是第三天的下午六点在某某饭馆等我。

　　那天，我特地穿了一件红衣裳，使你很容易地可以看见我。我五点钟就等在那里，因为我在猜想，你如果来，你一定要早来的。我想你看到了我，你多么喜欢。而我也想到了，假如到了六点钟不来，那大概就是已经不在了。

　　一直到了六点钟，没有人来，我又多等了一刻钟，我又多等了半点钟，我想或者你有事情会来晚了的。到最后的几分钟，竟想到，大概你来过了，或者已经不认识我了，因为始终看不见你，第二天，我想还是到你住的地方看一趟，你那小房是很小的。有一个老婆婆，穿着灰色大袖子衣裳，她说你已经在月初走了，离开了东京了，但你那房子里还下着竹帘子呢。帘子里头静悄悄的，好像你在里边睡午觉的。

半年之后，我还没有回上海，不知怎么的，你又来了信，这信是来自上海的，说你已经到了上海，是到上海找我的。

我想这可糟了，又来了一个小吉卜西。

这流浪的生活，怕你过不惯，也怕你受不住。

但你说，"你可以过得惯，为什么我过不惯。"

于是你就在上海住下了。

等我一回到上海，你每天到我的住处来，有时我不在家，你就在楼廊等着，你就睡在楼廊的椅子上，我看见了你的黑黑的人影，我的心里充满了慌乱。我想这些流浪的年青人，都将流浪到哪里去，常常在街上碰到你们的一伙，你们都是年青的，都是北方的粗直的青年。内心充满了力量，你们是被逼着来到这人地生疏的地方，你们都怀着万分的勇敢，只有向前，没有回头。但是你们都充满了饥饿，所以每天到处找工作。你们是可怕的一群，在街上落叶似的被秋风卷着，寒冷来的时候，只有弯着腰，抱着膀，打着寒战。肚里饿着的时候，我猜得到，你们彼此地乱跑，到处看看，谁有可吃的东西。

在这种情形之下，从家跑来的人，还是一天一天地增加，后来听说有不少已经入了监狱，听说这帮不远千里而投向祖国来的青年，一到了祖国，不知怎样，就犯了爱国罪了。

这自然都说是以往，而并非是现在。现在我们已经抗战四年了。在世界上还有谁不知我们中国的英勇，自然而今你们都是战士了。

不过在那时候，我就有许多不安。我想将来你到什么地方去，并且做什么？

那时你不知我心里的忧郁，你总是早上来笑着，晚上来笑着。似乎不知道为什么你已经得到了无限的安慰了。似乎是你所存在的地方，已经绝对的安然了，进到我屋子来，看到可吃的就吃，看到书就翻，累了，躺在床上就休息。

你那种傻里傻气的样子，我看了，有的时候，觉得讨厌，有的时候也觉得喜欢，虽是欢喜了，但还是心口不一地说："快起来吧，看这么懒。"

不多时就七七事变，很快你就决定了，到西北去，做抗日军去。

你走的那天晚上，满天都是星，就像幼年我们在黄瓜架下捉着虫子的那样的夜，那样黑黑的夜，那样飞着萤虫的夜。

你走了，你的眼睛不大看我，我也没有同你讲什么话。我送你到了台阶上，到了院里，你就走了。那时我心里不知道想什么，不知道愿意让你走，还是不愿意。只觉得恍恍惚惚地，把过去的许多年的生活都翻了一个新，事事都显得特别真切，又都显得特别的模糊，真所谓有如梦寐了。

可弟，你从小就苍白，不健康，而今虽然长得很高了，仍旧是苍白不健康，看你的读书、行路，一切都是勉强支持。精神是好的，体力是坏的，我很怕你走到别的地方去，支持不住，可是我又不能劝你回家，因为你的心里充满了诱惑，你的眼里充满了禁果。

恰巧在抗战不久，我也到山西去，有人告诉我你在洪洞的前线，离着我很近，我转给你一封信，我想没有两天就可看到你了。那时我心里可开心极了，因为我看到不少和你那样年青的孩子们，他们快乐而活泼，他们跑着跑着，当工作的时候嘴里唱着歌。这一群快乐的小战士，胜利一定属于你们的，你们也拿枪，你们也担水，中国有你们，中国是不会亡的。因此我的心里充满了微笑。虽然我给你的信，你没有收到，我也没能看见你，但我不知为什么竟很放心，就像见到了你一样。因为你也是他们之中的一个，于是我就把你忘了。

但是从那以后，你的音信一点也没有了。而至今已经四年了，你到底没有信来。

我本来不常想你，不过现在想起你来了，你为什么不来信？

于是我想，这都是我的不好，我在前边引诱了你。

今天又快到九一八了，写了以上这些，以遣胸中的忧闷。

愿你在远方快乐和健康。

1941 年

萧红故居陈列物

第二辑:短篇小说
何乡为乐土

在我的家乡那里,春天是快的。五天不出屋,树发芽了,再过五天不看树,树长叶了,再过五天,这树就像绿得使人不认识它了。使人想,这棵树,就是前天的那棵树吗?

——《小城三月》

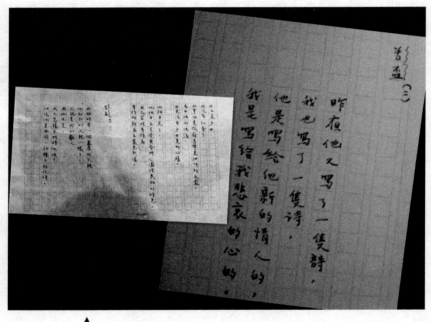

萧红手稿

手

████████　　在我们的同学中，从来没有见过这样的手：蓝的，黑的，又好像紫的；从指甲一直变色到手腕以上。

她初来的几天，我们叫她"怪物"。下课以后大家在地板上跑着也总是绕着她。关于她的手，却没有一个人去问过。

教师在点名，使我们越忍越忍不住了，非笑不可了。

"李洁！""到。"

"张楚芳！""到。"

"徐桂真！""到。"

迅速而有规律性地站起来一个，又坐下去一个。但每次一喊到王亚明的地方，就要费一些时间了。

"王亚明，王亚明……叫到你啦！"别的同学有时要催促她，于是她才站起来，把两只青手垂得很直，肩头落下去，面向着棚顶说：

"到，到，到。"

不管同学们怎样笑她，她一点也不感到慌乱，仍旧弄着椅子响，庄严的，似乎费掉了几分钟才坐下去。

有一天上英文课的时候，英文教师笑得把眼镜脱下来在擦着眼睛：

"你下次不要再答'黑耳'了，就答'到'吧！"

全班的同学都在笑，把地板擦得很响。

第二天的英文课，又喊到王亚明时，我们又听到了"黑耳——黑——耳。"

"你从前学过英文没有？"英文教师把眼镜移动了一下。

"不就是那英国话吗？学是学过的，是个麻子脸先生教的……铅笔叫'喷丝儿'，钢笔叫'盆'。可是没学过'黑耳'。"

"here 就是'这里'的意思，你读：here！here！"

"喜儿！喜儿。"她又读起"喜儿"来了。这样的怪读法，全课堂都笑得战栗起来。可是王亚明，她自己却安然地坐下去，青色的手开始翻转着书页。并且低声读了起来：

"华提……贼死……阿儿……"

数学课上，她读起算题来也和读文章一样：

"$2X + Y = \cdots\cdots X^2\cdots\cdots$"

午餐的桌上，那青色的手已经抓到了馒头，她还想着"地理"课本："墨西哥产白银……云南……唔，云南的大理石。"

夜里她躲在厕所里边读书，天将明的时候，她就坐在楼梯口。只要有一点光亮的地方，我常遇到过她。有一天落着大雪的早晨，窗外的树枝挂着白绒似的穗头，在宿舍的那边，长筒过道的尽头，窗台上似乎有人睡在那里了。

"谁呢？这地方多么凉！"我的皮鞋拍打着地板，发出一种空洞洞的嗡声，因是星期日的早晨，整个学校出现在特有的安宁里。一部分的同学在化着妆；一部分的同学还睡在眠床上。

还没走到她的旁边，我看到那摊在膝头上的书页被风翻动着。

"这是谁呢？礼拜日还这样用功！"正要唤醒她，忽然看到那青色的手了。

"王亚明，嗳……醒醒吧……"我还没有直接招呼过她的名字，感到生涩和直硬。

"喝喝……睡着啦！"她每逢说话总是开始钝重地笑笑。

"华提……贼死，右……爱……"她还没找到书上的字就读起来。

"华提……贼死，这英国话，真难……不像咱们中国字：什么字旁，什么字头……这个：曲里拐弯的，好像长虫爬在脑子里，越爬越糊涂，越爬越记不住。英文先生也说不难，不难，我看你们也不难。我的脑筋笨，乡下人的脑筋没有你们那样灵活。我的父亲还不如我，他说他年青的时候，就记他这个'王'字，记了半顿饭的工夫还没记住。右……爱……右……阿儿……"说完一句话，在末尾不相干的她又读起单字来。

风车哗啦哗啦地响在壁上，通气窗时时有小的雪片飞进来，在窗台上结着些水珠。

她的眼睛完全爬满着红丝条；贪婪，把持，和那青色的手一样在争取她那不能满足的愿望。

在角落里，在只有一点灯光的地方我都看到过她，好像老鼠在啃嚼什么东西似的。

她的父亲第一次来看她的时候，说她胖了：

"妈的，吃胖了，这里吃的比自家吃得好，是不是？好好干吧！干下三年来，不成圣人吧，也总算明白明白人情大道理。"在课堂上，一个星期之内人们都是学着王亚明的父亲。第二次，她的父亲又来看她，她向她父亲要一双手套。

"就把我这副给你吧！书，好好念书，要一副手套还没有吗？等一等，不用忙……要戴就先戴这副，开春啦！我又不常出什么门，明子，上冬咱们再买，是不是？明子！"在接见室的门口嚷嚷着，四周已经是围满着同学，于是他又喊着明子明子的，又说了一些事情：

"三妹妹到二姨家去串门啦，去了两三天啦！小肥猪每天又多加两把豆子，胖得那样你没看见，耳朵都挣挣起来了……姐姐又来家腌了两罐子咸葱……"

正讲得他流汗的时候，女校长穿着人群站到前面去：

"请到接见室里面坐吧——"

"不用了，不用了，耽搁工夫，我也是不行的，我还就要去赶火车……赶回去，家里一群孩子，放不下心……"他把皮帽子放在手上，向校长点着头，头上冒着气，他就推开门出去了。好像校长把他赶走似的，可是他又转回身来，把手套脱下来。

"爹，你戴着吧，我戴手套本来是没用的。"

她的父亲也是青色的手，比王亚明的手更大更黑。

在阅报室里，王亚明问我：

"你说，是吗？到接见室去坐下谈话就要钱的吗？"

"哪里要钱！要的什么钱！"

"你小点声说，叫她们听见，她们又谈笑话了。"她用手掌指点着我读着的报纸，"我父亲说的，他说接见室里摆着茶壶和茶碗，若进去，怕是校役就给倒茶了，倒茶就要钱了。我说不要，他可是不信，他说连小店房进去喝一碗水也多少得赏点钱，何况学堂呢？你想学堂是多么大的地方！"

校长已说过她几次：

"你的手，就洗不净了吗？多加点肥皂！好好洗洗，用热水烫一烫。早操的时候，在操场上竖起来的几百条手臂都是白的，就是你，特别呀！真特别。"女校长用她贫血的和化石一般透明的手指去触动王亚明的青色手，看那样子，她好像是害怕，好像微微有点抑制着呼吸，就如同让她去接触黑色的已经死掉的鸟类似的。"是褪得很多了，手心可以看到皮肤了。比你来的时候强得多，那时候，那简直是铁手……你的功课赶得上了吗？多用点功，以后，早操你就不用上，学校的墙很低，春天里散步的外国人又多，他们常常停在墙外看的。等你的手褪掉颜色再上早操吧！"校长告诉她，停止了她的早操。

"我已经向父亲要到了手套，戴起手套来不就看不见了吗？"打开了书箱，取出她父亲的手套来。

校长笑得发着咳嗽，那贫血的面孔立刻旋动着红的颜色："不必了！既然是不整齐，戴手套也是不整齐。"

假山上面的雪消融了去，校役把铃子也打得似乎更响些，窗前的杨树抽着芽，操场好像冒着烟似的，被太阳蒸发着。上早操的时候，那指挥官的口笛振鸣得也远了，和窗外树丛中的人家起着回应。

我们在跑在跳，和群鸟似的在嘈杂。带着糖质的空气迷漫着我们，从树梢上面吹下来的风混合着嫩芽的香味。被冬天枷锁了的灵魂和被束掩的棉花一样舒展开来。

正当早操刚收场的时候，忽然听到楼窗口有人在招呼什么，那声音被空气负载着向天空响去似的：

"好和暖的太阳！你们热了吧？你们……"在抽芽的杨树后面，那窗口站着王亚明。

等杨树已经长了绿叶，满院结成了阴影的时候，王亚明却渐渐变成了干缩，眼睛的边缘发着绿色，耳朵也似乎薄了一些，至于她的肩头一点也不再显出蛮野和强壮。当她偶然出现在树荫下，那开始陷下的胸部使我立刻从她想到了生肺病的人。

"我的功课，校长还说跟不上，倒也是跟不上，到年底若再跟不上，喝喝！真会留级的吗？"她讲话虽然仍和从前一样"喝喝"的，但她的手却开始畏缩起来，左手背在背后，右手在衣襟下面突出个小丘。

我们从来没有看到她哭过，大风在窗外倒拔着杨树的那天，她背向着教室，也背向着我们，对着窗外的大风哭了。那是那些参观的人走了以后的事情，她用那已经开始在褪着色的青手擦着眼泪。

"还哭！还哭什么？来了参观的人，还不躲开。你自己看看，谁像你这样特别！两只蓝手还不说，你看看，你这件上衣，快变成灰的了！别人都是蓝上衣，哪有你这样特别，太旧的衣裳颜色是不整齐的……不能因为你一个人而破坏了制服的规律性……"她一面嘴唇与嘴唇切合着，一面用她惨白的手指去撕着王亚明的领口："我是叫你下楼，等参观的走了再上来，谁叫你就站在过道呢？在过道，你想想：他们看不到你吗？你倒戴起了这样大的一副手套……"

说到"手套"的地方，校长的黑色漆皮鞋，那晶亮的鞋尖去踢了一下已经落到地板上的一只：

"你觉得你戴上了手套站在这地方就十分好了吗？这叫什么玩意儿？"她又在手套上踏了一下，她看到那和马车夫一样肥大的手套，抑制不住地笑出声来了。

王亚明哭了这一次，好像风声都停止了，她还没有停止。

暑假以后，她又来了。夏末简直和秋天一样凉爽，黄昏以前的太阳染在马路上使那些铺路的石块都变成了朱红色。我们集着群在校门里的山丁树下吃着山丁。就是这时候，王亚明坐着的马车从"喇嘛台"那边哗啦哗啦地跑来了。只要马车一停下，那就全然寂静下去。她的父亲搬着行李，她抱着面盆和一些零碎。走上台阶来了，我们并不立刻为她闪开，有的说着："来啦！""你来啦！"有的完全向她张着嘴。

等她父亲腰带上挂着的白毛巾一抖一抖地走上了台阶，就有人在说：

"怎么！在家住了一个暑假，她的手又黑了呢？那不是和铁一样了吗？"

秋季以后，宿舍搬家的那天，我才真正注意到这铁手：我似乎已经睡着了，但能听到隔壁在吵叫着：

"我不要她，我不和她并床……"

"我也不和她并床。"

我再细听了一些时候，就什么也听不清了，只听到嗡嗡的笑声和绞成一团的吵嚷。夜里我偶然起来到过道去喝了一次水。长椅上睡着一个人，立刻就被我认出来，那是王亚明。两只黑手遮着脸孔，被子一半脱落在地板上，一半挂在她的脚上。我想她一定又是借着过道的灯光在夜里读书，可是她的旁边也没有什么书本，并且她的包袱和一些零碎就在地板上围绕着她。

第二天的夜晚，校长走在王亚明的前面，一面走一面响着鼻子，她穿越床位，她用她的细手推动那一些连成排的铺平的白床单：

"这里，这里的一排七张床，只睡八个人，六张床还睡九个呢！"她翻着那被子，把它排开一点，让王亚明把被子就夹在这地方。

王亚明的被子展开了，为着高兴的缘故，她还一边铺着床铺，一边嘴里似乎打着哨子，我还从没听到过这个，在女学校里边，没有人用嘴打过哨子。

她已经铺好了，她坐在床上张着嘴，把下颚微微向前抬起一点，像是安然和舒畅在镇压着她似的。校长已经下楼了，或者已经离开了宿舍，回家去了。但，舍监这老太太，鞋子在地板上擦擦着，头发完全失掉了光泽，她跑来跑去：

"我说，这也不行……不讲卫生，身上生着虫类，什么人还不想躲开她呢？"她又向角落里走了几步，我看到她的白眼球好像对着我似的："看这被子吧！你们去嗅一嗅，隔着二尺远都有气味了……挨着她睡觉，滑稽不滑稽！谁知道……虫类不会爬了满身吗？去看看，那棉花都黑得什么样子啦！"

舍监常常讲她自己的事情，她的丈夫在日本留学的时候，她也在日本，也算是留学。同学们问她：

"学的什么呢？"

"不用专学什么！在日本说日本话，看看日本风俗，这不也是留学吗？"她说话总离不了"不卫生，滑稽不滑稽……肮脏"，她叫虱子特别要叫虫类。

"人肮脏手也肮脏。"她的肩头很宽，说着肮脏她把肩头故意抬高了一下，好像寒风忽然吹到她似的，她跑出去了。

"这样的学生，我看校长可真是……可真是多余要……"打过熄灯铃之后，舍监还在过道里和别的一些同学在讲说着。

第三天夜晚，王亚明又提着包袱，卷着行李，前面又是走着白脸的校长。

"我们不要，我们的人数够啦！"

校长的指甲还没接触到她们的被边时，她们就嚷了起来，并且换了一排床铺也是嚷了起来：

"我们的人数也够啦！还多了呢！六张床，九个人，还能再加了吗？"

"一二三四……"校长开始计算："不够，还可以再加一个，四张床，应该六个人，你们只有五个……来！王亚明！"

"不，那是留给我妹妹的，她明天就来……"那个同学跑过去，把被子用手按住。

最后，校长把她带到别的宿舍去了。

"她有虱子，我不挨着她……"

"我也不挨着她……"

"王亚明的被子没有被里，棉花贴着身子睡，不信，校长看看！"

后来她们就开着玩笑，甚至于说出害怕王亚明的黑手而不敢接近她。

以后，这黑手人就睡在过道的长椅上。我起得早的时候，就遇到她在卷着行李，并且提着行李下楼去。我有时也在地下储藏室遇到她，那当然是夜晚，所以她和我谈话的时候，我都是看看墙上的影子，她搔着头发的手，那影子印在墙上也和头发一样颜色。

"惯了，椅子也一样睡，就是地板也一样，睡觉的地方，就是睡觉，管什么好歹！念书是要紧的……我的英文，不知在考试的时候，马先生能给我多少分数？不够六十分，年底要留级的吗？"

"不要紧，一门不能够留级。"我说。

"爹爹可是说啦！三年毕业，再多半年，他也不能供给我学费……这英国话，我的舌头可真转不过弯来。喝喝……"

全宿舍的人都在厌烦她，虽然她是住在过道里。因为她夜里总是咳嗽着……同时在宿舍里边她开始用颜料染着袜子和上衣。

"衣裳旧了，染染差不多和新的一样。比方，夏季制服，染成灰色就可以当秋季制服穿……比方，买白袜子，把它染成黑色，这都可以……"

"为什么你不买黑袜子呢？"我问她。

"黑袜子，他们是用机器染的，矾太多……不结实，一穿就破的……还是咱们自己家染的好……一双袜子好几毛钱……破了就破了还得了吗？"

礼拜六的晚上，同学们用小铁锅煮着鸡子。每个礼拜六差不多总是这样，她们要动手烧一点东西来吃。从小铁锅煮好的鸡子，我也看到的，是黑的，我以为那是中了毒。那端着鸡子的同学，几乎把眼镜咆哮得掉落下来：

"谁干的好事！谁？这是谁？"

王亚明把面孔向着她们来到了厨房，她拥挤着别人，嘴里喝喝的：

"是我，我不知道这锅还有人用，我用它煮了两双袜子……喝喝……我去……"

"你去干什么？你去……"

"我去洗洗它！"

"染臭袜子的锅还能煮鸡子吃！还要它？"铁锅就当着众人在地板上咣当咣当地跳着，人咆哮着，戴眼镜的同学把黑色的鸡子好像抛着石头似的用力抛在地上。

人们都散开的时候，王亚明一边拾着地板上的鸡子，一边在自己说着话：

"哟！染了两双新袜子，铁锅就不要了！新袜子怎么会臭呢？"

冬天，落雪的夜里，从学校出发到宿舍去，所经过的小街完全被雪片占据了。我们向前冲着，扑着，若遇到大风，我们就风雪中打着转，倒退着走，或者是横着走。清早，照例又要从宿舍出发，在十二月里，每个人的脚都冻木了，虽然是跑着也要冻木的。所以我们诅咒和怨恨，甚至于有的同学已经在骂着，骂着校长是“浑蛋”，不应该把宿舍离开学校这样远，不应该在天还不亮就让学生们从宿舍出发。

有些天，在路上我单独地遇到王亚明。远处的天空和远处的雪都在闪着光，月亮使得我和她踏着影子前进。大街和小街都看不见行人。风吹着路旁的树枝在发响，也时时听到路旁的玻璃窗被雪扫着在呻叫。我和她谈话的声音，被零度以下的气温所反应也增加了硬度。等我们的嘴唇也和我们的腿部一样感到了不灵活，这时候，我们总是终止了谈话，只听着脚下被踏着的雪，乍乍乍地响。

手在按着门铃，腿好像就要自己脱离开，膝盖向前时时要跪了下去似的。

我记不得哪一个早晨，腋下夹着还没有读过的小说，走出了宿舍，我转过身去，把栏栅门拉紧。但心上总有些恐惧，越看远处模糊不清的房子，越听后面在扫着的风雪，就越害怕起来。星光是那样微小，月亮也许落下去了，也许被灰色的和土色的云彩所遮蔽。

走过一丈远，又像增加了一丈似的，希望有一个过路的人出现，但又害怕那过路人，因为在没有月亮的夜里，只能听到声音而看不见人，等一看见人影那就从地面突然长了起来似的。

我踏上了学校门前的石阶，心脏仍在发热，我在按铃的手，似乎已经失去了力量。突然石阶又有一个人走上来了：

“谁？谁？”

“我！是我。”

“你就走在我的后面吗？”因为一路上我并没听到有另外的脚步

声，这使我更害怕起来。

"不，我没走在你的后面，我来了好半天了。校役他是不给开门的，我招呼了不知道多大工夫了。"

"你没按过铃吗?"

"按铃没有用，喝喝，校役开了灯，来到门口，隔着玻璃向外看看……可是到底他不给开。"

里边的灯亮起来，一边骂着似的咣当咣当地把门给闪开了：

"半夜三更叫门……该考背榜不是一样考背榜吗?"

"干什么? 你说什么?"我这话还没有说出来，校役就改变了态度：

"萧先生，您叫门叫了好半天了吧?"

我和王亚明一直走进了地下室，她咳嗽着，她的脸苍黄得几乎是打着皱纹似的颤索了一些时候。被风吹得而挂下来的眼泪还停留在脸上，她就打开了课本。

"校役为什么不给你开门?"我问。

"谁知道? 他说来得太早，让我回去，后来他又说校长的命令。"

"你等了多少时候了?"

"不算多大工夫，等一会，就等一会，一顿饭这个样子。喝喝……"

她读书的样子完全和刚来的时候不一样，那喉咙渐渐窄小了似的，只是喃喃着，并且那两边摇动的肩头也显着紧缩和偏狭，背脊已经弓了起来，胸部却平了下去。

我读着小说，很小的声音读着，怕是搅扰了她；但这是第一次，我不知道为什么这只是第一次？

她问我读的什么小说，读没读过《三国演义》？有时她也拿到手里看看书面，或是翻翻书页。"像你们多聪明！功课连看也不看，到考试的时候也一点不怕。我就不行，也想歇一会，看看别的书……可是那就不成了……"

有一个星期日，宿舍里面空朗朗的，我就大声读着《屠场》上正是女工马利亚昏倒在雪地上的那段，我一面看着窗外的雪地一面读着，觉得很感动。王亚明站在我的背后，我一点也不知道。

"你有什么看过的书，也借给我一本，下雪天气，实在沉闷，本地又没有亲戚，上街又没有什么买的，又要花车钱……"

"你父亲很久不来看你了吗？"我以为她是想家了。

"哪能来！火车钱，一来回就是两元多……再说家里也没有人……"

我就把《屠场》放在她的手上，因为我已经读过了。

她笑着，"喝喝"着，她把床沿颤了两下，她开始研究着那书的封面。等她走出去时，我听在过道里她也学着我把那书开头的第一句读得很响。

以后，我又不记得是哪一天，也许又是什么假日，总之，宿舍是空朗朗的，一直到月亮已经照上窗子，全宿舍依然被剩在寂静中。我听到床头上有沙沙的声音，好像什么人在我的床头摸索着，我仰过头去，在月光下我看到了是王亚明的黑手，并且把我借给她的那本书放在我的旁边。

我问她："看得有趣吗？好吗？"

起初，她并不回答我，后来她把脸孔用手掩住，她的头发也像在抖着似的。她说：

"好。"

我听她的声音也像在抖着，于是我坐了起来。她却逃开了，用着那和头发一样颜色的手横在脸上。

过道的长廊空朗朗的，我看着沉在月光里的地板的花纹。

"马利亚，真像有这个人一样，她倒在雪地上，我想她没有死吧！她不会死吧……那医生知道她是没有钱的人，就不给她看病……喝喝！"很高的声音她笑了，借着笑的抖动眼泪才滚落下来："我也去请过医生，我母亲生病的时候，你看那医生他来吗？他先向我要马车钱，我说钱在家里，先坐车来吧！人要不行了……你看他来吗？他站在院心问我：'你家是干什么的？你家开染缸房吗？'不知为什么，一告诉他是开'染缸房'的，他就拉开门进屋去了……我等他，他没有出来，我又去敲门，他在门里面说：'不能去看这病，你回去吧！'我回来了……"她又擦了擦眼睛才说下去，"从这时候我就照顾着两个弟弟和两个妹妹。爹爹染黑的和蓝的，姐姐染红的……姐姐定亲的那年，上冬的时候，她的婆婆从乡下来住在我们家里，一看到姐姐她就说：'哎呀！那杀人的手！'从这起，爹爹就说不许某个人专染红的；某个人专染蓝的。我的手是黑的，细看才带点紫色，那两个妹妹也都和我一样。"

"你的妹妹没有读书？"

"没有，我将来教她们，可是我也不知道我读得好不好，读不好连妹妹都对不起……染一匹布多不过三毛钱……一个月能有几匹布来染呢？衣裳每件一毛钱，又不论大小，送来染的都是大衣裳居多……

去掉火柴钱，去掉颜料钱……那不是吗！我的学费……把他们在家吃咸盐的钱都给我拿来啦……我哪能不用心念书，我哪能？"她又去摸触那本书。

我仍然看着地板上的花纹，我想她的眼泪比我的同情高贵得多。

还不到放寒假时，王亚明在一天的早晨，整理着手提箱和零碎，她的行李已经束得很紧，立在墙根的地方。

并没有人和她去告别，也没有人和她说一声再见。我们从宿舍出发，一个一个地经过夜里王亚明睡觉的长椅，她向我们每个人笑着，同时也好像从窗口在望着远方。我们使过道起着沉重的噪音，我们下着楼梯，经过了院宇，在栏栅门口，王亚明也赶到了，并且呼喘，并且张着嘴：

"我的父亲还没有来，多学一点钟是一点钟……"她向着大家在说话一样。

这最后的每一点钟都使她流着汗，在英文课上她忙着用小册子记下来黑板上所有的生字。同时读着，同时连教师随手写的已经是不必要的读过的熟字她也记了下来，在第二点钟地理课上她又费着力气模仿着黑板上教师画的地图，她在小册子上也画了起来……好像所有这最末一天经过她的思想都重要起来，都必得留下一个痕迹。

在下课的时间，我看了她的小册子，那完全记错了：英文字母，有的脱落一个，有的她多加上一个……她的心情已经慌乱了。

夜里，她的父亲也没有来接她，她又在那长椅上展了被褥，只有这一次，她睡得这样早，睡得超过平常以上的安然。头发接近着被边，肩头随着呼吸放宽了一些。今天她的左右并不摆着书本。

早晨，太阳停在颤抖的挂着雪的树枝上面，鸟雀刚出巢的时候，她的父亲来了。停在楼梯口，他放下肩上背来的大毡靴，他用围着脖子的白毛巾掳去胡须上的冰溜：

"你落了榜吗？你……"冰溜在楼梯上融成小小的水珠。

"没有，还没考试，校长告诉我，说我不用考啦，不能及格的……"

她的父亲站在楼梯口，把脸向着墙壁，腰间挂着的白手巾动也不动。

行李拖到楼梯口了，王亚明又去提着手提箱，抱着面盆和一些零碎，她把大手套还给她的父亲。

"我不要，你戴吧！"她父亲的毡靴一移动就在地板上压了几个泥圈圈。

因为是早晨，来围观的同学们很少。王亚明就在轻微的笑声里边戴起了手套。

"穿上毡靴吧！书没念好，别再冻掉了两只脚。"她的父亲把两只靴子相连的皮条解开。

靴子一直掩过了她的膝盖，她和一个赶马车的人一样，头部也用白色的绒布包起。

"再来，把书回家好好读读再来。喝……喝。"不知道她向谁在说着。当她又提起了手提箱，她问她的父亲：

"叫来的马车就在门外吗？"

"马车，什么马车？走着上站吧……我背着行李……"

王亚明的毡靴在楼梯上扑扑地拍着，父亲走在前面，变了颜色的手抓着行李的两角。

那被朝阳拖得苗长的影子，跳动着在人的前面先爬上了木栅门。从窗子看去，人也好像和影子一般轻浮，只能看到他们，而听不到关于他们的一点声音。

出了木栅门，他们就向着远方，向着迷漫着朝阳的方向走去。

雪地好像碎玻璃似的，越远那闪光就越刚强。我一直看到那远处的雪地刺痛了我的眼睛。

1936 年

桥

　　夏天和秋天，桥下的积水和水沟一般平了。

　　"黄良子，黄良子……孩子哭啦！"

　　也许是夜晚，也许是早晨，桥头上喊着这样的声音。久了！住在桥头的人家都听惯了，听熟了。

　　"黄良子，孩子要吃奶啦！黄良子……黄良……子。"

　　尤其是在雨夜或刮风的早晨，静穆里的这声音受着桥下的水的共鸣或者借助于风声，也送进远处的人家去。

　　"黄……良子。黄……良……子……"听来和歌声一般了。

　　月亮完全沉没下去，只有天西最后的一颗星还在挂着。从桥东的空场上黄良子走了出来。

　　黄良是她男人的名字，从她做了乳娘那天起，不知是谁把"黄良"的末尾加上个"子"字，就算她的名字。

"啊？这么早就饿了吗？昨晚上吃得那么晚！"

开始的几天，她是要跑到桥边去，她向着桥西来唤她的人颤一颤那古旧的桥栏，她的声音也就仿佛在桥下的水上打着回旋：

"这么早吗！……啊？"

现在她完全不再那样做。"黄良子"这字眼好像号码一般，只要一触到她，她就紧跟着这字眼去了。

在初醒的蒙眬中，她的呼吸还不能够平稳，她走着，她差不多是跑着，顺着水沟向北面跑去。停在桥西第一个大门楼下面，用手盘卷着松落下来的头发。

——怎么！门还关着？……怎么！

"开门呀！开门呀！"她弯下腰去，几乎是把脸伏在地面。从门槛下面的缝隙看进去，大白狗还睡在那里。

因为头部过度下垂，院子里的房屋似乎旋转了一阵，门和窗子也都旋转着，向天的方向旋转着："开门呀！开门来——"

——怎么！鬼喊了，我来吗？不，……有人喊的，我听得清清楚楚嘛……一定，那一定……

但是，她只得回来，桥西和桥东一个人也没有遇到。她喊到潮湿的背脊凉下去。

——这不就是百八十步……多说二百步……可是必得绕出去一里多！

起初她试验过，要想扶着桥栏爬过去。但是，那桥完全没有底了，只剩两条栏杆还没有被偷儿拔走。假若连栏杆也不见了，那她会安心些，她会相信那水沟是天然的水沟，她会相信人没有办法把水沟消灭。

　　……不是吗？搭上两块木头就能走人的……就差两块木头……这桥，这桥，就隔一道桥……

　　她在桥边站了一会儿，想了一会儿：

　　——往南去，往北去呢？都一样，往北吧！

　　她家的草屋正对着这桥，她看见门上的纸片被风吹动。在她理想中，好像一伸手她就能摸到那小土丘上面去似的。

　　当她顺着沟沿往北走时，她滑过那小土丘去，远了，到半里路远的地方——水沟的尽头——再折回来。

　　——谁还在喊我？哪一方面喊我？

　　她的头发又散落下来，她一面走着一面挽卷着。

　　"黄良子，黄良子……"她仍然好像听到有人在喊她。

　　"黄……瓜茄……子……黄……瓜茄……子……"菜担子迎着黄良子走来了。

　　"黄瓜茄子，黄……瓜茄子……"

　　黄良子笑了！她向着那个卖菜的人笑了。

　　主人家墙头上的狗尾草肥壮起来了，桥东黄良子的孩子哭声也大起来了！那孩子的哭声会飞到桥西来。

　　"走——走——推着宝宝上桥头，

　　桥头捉住个大蝴蝶，

　　妈妈坐下来歇一歇，

　　走——走——推着宝宝上桥头。"

　　黄良子再不像夏天那样在榆树下扶着小车打瞌睡，虽然阳光仍是暖暖的，虽然这秋天的天空比夏天更好。

小主人睡在小车里面，轮子呱啦呱啦地响着，那白嫩的圆面孔，眉毛上面齐着和霜一样白的帽边，满身穿着洁净的可爱的衣裳。

黄良子感到不安了，她的心开始像铃铛似的摇了起来：

"喜欢哭吗？不要哭啦……爹爹抱着跳一跳，跑一跑……"

爹爹抱着，隔着桥站着的，自己那个孩子，黄瘦，眼圈发一点蓝，脖子略微长一些，看起来很像一条枯了的树枝。但是黄良子总觉得比车里的孩子更可爱一点，哪里可爱呢？他的笑也和哭差不多。他哭的时候也从不滚着发亮的肥大的泪珠，并且他对着隔着桥的妈妈一点也不亲热，他看着她也并不拍一下手。托在爹爹手上的脚连跳也不跳。

但她总觉得比车里的孩子更可爱些，哪里可爱呢？她自己不知道。

"走——走，推着宝宝上桥头，

走——走，推着宝宝上桥头。"

她对小主人说的话，已经缺少了一句：

——桥头捉个大蝴蝶，妈妈坐下来歇一歇。

在这句子里边感不到什么灵魂的契合，不必要了。

"走——走——上桥头，上桥头……"

她的歌词渐渐地干枯了，她没有注意到这样的几个字孩子喜欢听不喜欢听。同时在车轮呱啦呱啦地离开桥头时，她同样唱着：

"上桥头，上桥头……"

后来连小主人躺在床上睡觉的时候，她还是哼着："上桥头，上桥头……"

"啊？你给他擦一擦呀……那鼻涕流过嘴啦……怎么！看不见吗？唉唉……"

黄良子，她简直忘记了她是站在桥这边，她有些暴躁了。当她的手隔着桥伸出去的时候，那差不多要使她流眼泪了！她的脸为着着急完全是涨红的。

"爹，爹是不行的呀……到底不中用！可是这桥，这桥……若不有这桥隔着……"借着桥下的水的反应，黄良子响出来的声音很空洞，并且横在桥下面的影子有些震撼："你抱他过来呀！就这么看着他哭！绕一点路，男人的腿算什么？我……我是推着车的呀!"

桥下面的水上浮着三个人影和一辆小车。但分不出站在桥东的和站在桥西的。

从这一天起，"桥"好像把黄良子的生命缩短了。但她又感到太阳挂在空中整天也没有落下去似的……究竟日子长了，短了？她也不知道，天气寒了，暖了？她也不能够识别。虽然她也换上了夹衣，对于衣裳的增加，似乎别人增加起来，她也就增加起来。

沿街扫着落叶的时候，她仍推着那辆呱啦呱啦的小车。

主人家墙头上的狗尾草，一些水分也没有了，全枯了，只有很少数的还站在风里面摇着；桥东孩子的哭声一点也没有减弱，随着风声送到桥头的人家去，特别是送进黄良子的耳里，那声音扩大起来，显微镜下面苍蝇翅膀似的……

她把馒头、饼干，有时就连那包着馅，发着油香不知名的点心，也从桥西抛到桥东去。

——只隔一道桥，若不……这不是随时可以吃得到东西吗？这小穷鬼，你的命上该有一道桥啊！

每次她抛的东西若落下水的时候，她就向着桥东的孩子说：

"小穷鬼，你的命上该有一道桥啊！"

向桥东抛着这些东西，主人一次也没有看到过。可是当水面上闪着一条线的时候，她总是害怕的，好像她的心上已经照着一面镜子了。

——这明明是啊……这是偷的东西……老天爷也知道的。

因为在水面上反映着蓝天，反映着白云，并且这蓝天和她很接近，就在她抛着东西的手底下。

有一天，她得到无数东西，月饼、梨子，还有早饭剩下的饺子。这都不是公开的，这都是主人没看见她才包起来的。

她推着车，站在桥头了，那东西放在车厢里孩子摆着玩物的地方。

"他爹爹……他爹爹……黄良，黄良！"

但是什么人也没有，土丘的后面闹着两只野狗。门关着，好像是正在睡觉。

她决心到桥东去，推着车子跑得快时，车里面孩子的头都颠起来，她最怕车轮响。

——到哪里去啦？推着车子跑……这是干吗推着车子跑……跑什么？……跑什么？往哪里跑？

就像女主人在她的后面喊起来：

——站住，站住——她自己把她自己吓得出了汗，心脏快要跑到喉咙边来。孩子被颠得要哭，她就说：

"老虎！老虎！"

她亲手把睡在炕上的孩子唤醒起来，她亲眼看着孩子去动手吃东西。

不知道怎样的愉快从她的心上开始着，当那孩子把梨子举起来的时候，当那孩子一粒一粒把葡萄触破了两三粒的时候。

"呀！这是吃的呀，你这小败家子！暴殄天物……还不懂得是吃的吗？妈，让妈给你放进嘴里去，张嘴，张嘴。嘿……酸哩！看这小样。酸得眼睛像一条缝了……吃这月饼吧！快到一岁的孩子什么都能吃的……吃吧……这都是第一次吃呢……"

她笑着。她总觉得这好哭得连笑也笑不完整的孩子比坐在车里边的孩子更可爱些。

她走回桥西去的时候，心平静极了；顺着水沟向北去，生在水沟旁的紫小菊，被她看到了，她兴致很好，想要伸手去折下来插到头上去。

"小宝宝！哎呀，好不好？"花穗在她的一只手里面摇着，她喊着小宝宝，那是完全从内心喊出来的，只有这样喊着，在她临时的幸福上才能够闪光。心上一点什么隔线也脱掉了，第一次，她感到小主人和自己的孩子一样可爱了！她在他的脸上扭了一下，车轮在那不平坦的道上呱啦呱啦地响……

她偶然看到孩子坐着的车是在水沟里颠乱着，于是她才想到她是来到桥东了。不安起来，车子在水沟里的倒影跑得快了，闪过去了。

——百八十步……可是偏偏要绕一里多路……眼看着桥就过不去……

——黄良子，黄良子！把孩子推到哪里去啦！——就像女主人已经喊她了：——你偷了什么东西回家的？我说黄良子！

她自己的名字在她的心上跳着。

她的手没有把握地使着小车在水沟旁乱跑起来，跑得太与水沟接近的时候，要撞进水沟去似的。车轮子两只高了，两只低了，孩子要从里面被颠出来了。

还没有跑到水沟的尽端，车轮脱落了一只，脱落的车轮，像用力抛着一般旋进水沟里去了。

黄良子停下来看一看，桥头的栏杆还模糊得可以看得见。

——这桥！不都是这桥吗？

她觉得她应该哭了！但那肺叶在她的胸内颤了两下她又停止住。

——这还算是站在桥东啊！应该快到桥西去。

她推起三个轮子的车来，从水沟的东面，绕到水沟的西面。

——这可怎么说？就说在水旁走走，轮子就掉了；就说抓蝴蝶吧？这时候没有蝴蝶了。就说抓蜻蜓吧……瞎说吧！反正车子站在桥西，可没到桥东去……

"黄良……黄良……"一切忘掉了，在她好像一切都不怕了。

"黄良，黄良……"她推着三个轮子的小车顺着水沟走到桥边去招呼。

当她的手拿到那车轮的时候，黄良的泥污已经沾满到腰的部分。

推着三个轮子的车走进主人家的大门去，她的头发是挂下来的，在她苍白的脸上划着条痕。

——这不就是这轮子吗？掉了……是掉了的，滚下水沟去的……

她依着大门扇，哭了！

桥头上没有底的桥栏杆，在东边好像看着她哭！

第二年的夏天，桥头仍响着"黄良子，黄良子"的喊声。尤其是在天还未明的时候，简直和鸡啼一样。

第三年，桥头上"黄良子"的喊声没有了，像是同那颤抖的桥栏一同消灭下去。黄良子已经住到主人家里。

在三月里，新桥就开始建造起来。夏天，那桥上已经走着车马和行人。

黄良子一看到那红漆的桥栏，比所有她看到过的在夏天里开着的红花更新鲜。

"跑跑吧！你这孩子！"她每次看到她的孩子从桥东跑过来的时候，无论隔着多远，不管听见听不见，不管她的声音怎样小，她却总要说的：

"跑跑吧！这样宽大的桥啊！"

爹爹抱着他，也许牵着他，每天过桥好几次。桥上面平坦和发着哄声，若在上面跺一下脚，桥会咚咚地响起来。

主人家，墙头上的狗尾草又是肥壮的，墙根下面有的地方也长着同样的狗尾草，墙根下也长着别样的草：野罂粟和洋雀草，还有不知名的草。

　　黄良子拔着洋雀草做起哨子来，给瘦孩子一个，给胖孩子一个。他们两个都到墙根的地方去拔草，拔得过量的多，她的膝盖上尽是些草了。于是他们也拔着野罂粟。

　　"嗞嗞，嗞嗞！"在院子的榆树下闹着，笑着和响着哨子。

　　桥头上孩子的哭声，不复出现了。在妈妈的膝头前，变成了欢笑和歌声。

　　黄良子，两个孩子都觉得可爱，她的两个膝头前一边站着一个，有时候，他们两个装着哭，就一边膝头上伏着一个。

　　黄良子把"桥"渐渐地遗忘了，虽然她有时走在桥上，但她不记起还是一座桥，和走在大道上一般平常，一点也没有两样。

　　有一天，黄良子发现她的孩子的手上划着两条血痕。

　　"去吧！去跟爹爹回家睡一觉再来……"有时候，她也亲手把他牵过桥去。

　　以后，那孩子在她膝盖前就不怎样活泼了，并且常常哭，并且脸上也发现着伤痕。

　　"不许这样打的呀！这是干什么……干什么？"在墙外，或是在道口，总之，在没有人的地方，黄良子才把小主人的木枪夺下来。

　　小主人立刻倒在地上，哭和骂，有时候立刻就去打着黄良子，用玩物，或者用街上的泥块。

　　"妈！我也要那个……"

　　小主人吃着肉包子的样子，一只手上抓着一个，有油流出来了，小手上面发着光。并且那肉包子的香味，不管站得怎样远也像绕着小良子的鼻管似的：

"妈……我也要……要……"

"你要什么？小良子！不该要呀……羞不羞？馋嘴巴！没有脸皮了？"

当小主人吃着水果的时候，那是歪着头，很圆的黑眼睛，慢慢地转着。

小良子看到别人吃，他拾了一片树叶舐一舐，或者把树枝放在舌头上，用舌头卷着，用舌尖吮着。

小主人吃杏的时候，很快地把杏核吐在地上，又另吃第二个。他围裙的口袋里边，装着满满的黄色的大杏。

"好孩子！给小良子一个……有多好呢……"黄良子伸手去摸他的口袋，那孩子摆脱开，跑到很远的地方把两个杏子抛到地上。

"吞吧！小良子，小鬼头……"黄良子的眼睛弯曲地看到小良子的身上。

小良子吃杏，把杏核使嘴和牙齿相撞着，撞得发响，并且他很久很久地吮着这杏核。后来他在地上拾起那胖孩子吐出来的杏核。

有一天，黄良子看到她的孩子把手插进一个泥洼子里摸着。

妈妈第一次打他，那孩子倒下来，把两只手都插进泥坑去时，他喊着：

"妈！杏核呀……摸到的杏核丢了……"

黄良子常常送她的孩子过桥：

"黄良！黄良……把孩子叫回去……黄良！别再叫他跑过桥来……"

也许是黄昏，也许是晌午，桥头上黄良的名字开始送进人家去。

两年前人们听惯了的"黄良子"这歌好像又复活了。

"黄良，黄良，把这小死鬼绑起来吧！他又跑过桥来啦……"

小良子把小主人的嘴唇打破的那天早晨，桥头上闹着黄良的全家。

黄良子喊着，小良子跑着叫着：

"爹爹呀……爹爹呀……呵……呵……"

到晚间，终于小良子的嘴也流着血了，在他原有的，小主人给他打破的伤痕上又流着血了。这次却是妈妈给打破的。

小主人给打破的伤口，是妈妈给揩干的；被妈妈打破的伤口，爹爹也不去揩干它。

黄良子带着东西，从桥西走回来了。

她家好像生了病一样，静下去了，哑了，几乎门扇整日都没有开动，屋顶上也好像不曾冒烟。

这寂寞也波及桥头，桥头附近的人家，在这个六月里失去了他们的音乐。

"黄良，黄良，小良子……"这声音再也听不到了。

桥下面的水，静静地流着。

桥上和桥下再没有黄良子的影子和声音了。

黄良子重新被主人唤回去上工的时候，那是秋末，也许是初冬，总之，道路上的雨水已经开始结集着闪光的冰花。但水沟还没有结冰，桥上的栏杆还是照样的红。她停在桥头，横在面前的水沟，伸到南面去的也没有延展，伸到北面去的也不见得缩短。桥西，人家的房顶，照旧发着灰色。门楼，院墙，墙头的萎黄狗尾草也和去年秋末一样地在风里摇动。

只有桥，她忽然感到高了！使她踏不上去似的。一种软弱和惧怕贯穿着她。

——还是没有这桥吧！若没有这桥，小良子不就是跑不到桥西来了吗？算是没有挡他腿的啦！这桥，不都是这桥吗？

她怀念起旧桥来，同时，她用怨恨过旧桥的情感再建设起旧桥来。

小良子一次也没有踏过桥西去，爹爹在桥头上张开两只胳臂。笑着，哭着，小良子在桥边一直被阻挡下来，他流着过量的鼻涕的时候，爹爹把他抱了起来，用手掌给暖一暖他冻得很凉的耳朵的轮边。于是桥东的空场上有个很长的人影在踱着。

也许是黄昏了，也许是孩子终于睡在他的肩上，这时候，这曲背的、长的影子不见了。桥东空场上完全空旷下来。

可是空场上的土丘透出了一片灯火，土丘里面有时候也起着燃料的爆炸。

小良子吃晚饭的碗举到嘴边去，同时，桥头上的夜色流来了！深色的天，好像广大的帘子从桥头挂到小良子的门前。

第二天，小良子又是照样向桥头奔跑。

“找妈去……吃……馒头……她有馒头……妈有呵……妈有糖……”一面奔跑着，一面叫着……头顶上留着的一堆毛发，逆着风，吹得竖起来了。他看到爹爹的大手就跟在他的后面。

桥头上喊着“妈”和哭声……

这哭声借着风声，借着桥下水的共鸣，也送进远处的人家去。

等这桥头又安息下来的时候，那是从一年中落着最末的一次雨的那天起。

小良子从此丢失了。

冬天，桥西和桥东都飘着雪，红色的栏杆被雪花遮断了。

桥上面走着行人和车马，到桥东去的，到桥西去的。

那天，黄良子听到她的孩子掉下水沟去，她赶忙奔到了水沟边去。看到那被捞在沟沿上的孩子连呼吸也没有的时候，她站起来，她从那些围观的人们的头上面望到桥的方向去。

那颤抖的桥栏，那红色的桥栏，在模糊中她似乎看到了两道桥栏。

于是肺叶在她胸的内面颤动和放大。这次，她真的哭了。

1936 年

汾河的圆月

　　■■■■■■　黄叶满地落着，小玉的祖母虽然是瞎子，她也确确实实承认道已经好久就是秋天了。因为手杖的尖端触到那地上的黄叶时，就起着她的手杖在初冬的早晨踏破了地面上的结着薄薄的冰片爆裂的声音似的。

　　"你爹今天还不回来吗?"祖母的全白的头发，就和白银丝似的在月亮下边走起路来，微微地颤抖着。

　　"你爹今天还不回来吗?"她的手杖咯咯地打着地面，落叶或瓦砾或沙土都在她的手杖下发着响或冒着烟。

　　"你爹，你爹，还不回来吗?"

　　她沿着小巷子向左边走。邻家没有不说她是疯子的，所以她一走到谁家的门前，就听到纸窗里边咯咯的笑声，或是问她:

　　"你儿子去练兵去了吗?"

　　她说："是去了啦,不是吗!就为着那卢沟桥……后来人家又都说不是,说是为着'三一八'什么还是'八一三'……"

　　"你儿子练兵打谁呢?"

　　假若再接着问她,她就这样说:

　　"打谁……打小日本子吧……"

　　"你看过小日本子吗?"

　　"小日本子,可没见过……反正还不是黄眼珠,卷头发……说话叽里咕噜地……像人不像人,像兽不像兽。"

　　"你没见过,怎么知道是黄眼珠?"

　　"那还用看,一想就是那么一回事……东洋鬼子,西洋鬼子,一想就都是那么一回事……看见!有眼睛的要看,没有眼睛也必得要看吗?不看见,还没听人说过……"

　　"你听谁说的?"

　　"听谁说的!你们这睁着眼睛的人,比我这瞎子还瞎……人家都说,瞎子有耳朵就行……我看你们这耳眼皆全的……耳眼皆全……皆全……"

　　"全不全你怎么知道小日本子是卷头发……"

　　"嘎!别瞎说啦!把我的儿子都给掷了去啦……"

　　汾河边上的人对于这疯子起初感到趣味,慢慢地厌倦下来,接着就对她非常冷淡。也许偶尔对她又感到趣味,但那是不常有的。今天这白头发的疯子就空索索地一边嘴在咕噜咕噜地像是鱼在池塘里吐着沫似的,一边向着汾河走去。

小玉的父亲是在军中病死的，这消息传到小玉家是在他父亲离开家还不到一个月的时候。祖母从那个时候，就在夜里开始摸索，嘴里就开始不断地什么时候想起来，就什么时候说着她的儿子是去练兵练死了。

可是从小玉的母亲出嫁的那一天起，她就再不说她的儿子是死了。她忽然说她的儿子是活着，并且说他就快回来了。

"你爹还不回来吗？你妈眼看着就把你们都丢下啦！"

夜里小玉家就开着门过的夜，祖父那和马铃薯一样的脸孔，好像是浮肿了，突起来的地方突得更高了。

"你爹还不回来吗？"祖母那夜倚着门扇站着，她的手杖就在蟋蟀叫的地方打下去。

祖父提着水桶，到马棚里去了一次再去一次。那呼呼地，喘气的声音，就和马棚里边的马差不多了。他说：

"这还像个家吗？你半夜三更的还不睡觉！"

祖母听了他这话，带着手杖就跑到汾河边上去，那夜她就睡在汾河边上了。

小玉从妈妈走后，那胖胖的有点发黑的脸孔，常常出现在那七八家取水的井口边。尤其是在黄昏的时候，他跟着祖父饮马的水桶一块来了。马在喝水时，水桶里边发着响，并且那马还响着鼻子。而小玉只是静静地站着，看着……有的时候他竟站到黄昏以后。假若有人问他：

"小玉怎么还不回去睡觉呢？"

那孩子就用黑黑的小手搔一搔遮在额前的那片头发，而后反过来手掌向外，把手背压在脸上，或者压在眼睛上：

"妈没有啦！"他说。

直到黄叶满地飞着的秋天，小玉仍是常常站在井边；祖母仍是常常嘴里叨叨着，摸索着走向汾河。

汾河永久是那么寂寞，潺潺地流着，中间隔着一片沙滩，横在高高城墙下，在圆月的夜里，城墙背后衬着深蓝色的天空。经过河上用柴草架起的浮桥，在沙滩上印着日里经行过的战士们的脚印。天空是辽远的，高的，不可及的深远在圆月的背后，在城墙的上方悬着。

小玉的祖母坐在河边上，曲着她的两膝，好像又要说到她的儿子，这时她听到一些狗叫，一些掌声。她不知道什么是掌声，她想是一片震耳的蛙鸣。

一个救亡的小团体的话剧在村中开演了。

然而，汾河的边上仍坐着小玉的祖母，圆月把她画着深黑色的影子落在地上。

1936 年

逃　难

███████　这火车可怎能上去？要带东西是不可能，就单说人吧！也得从下边用人抬。

何南生在抗战之前做小学教员，他从南京逃难到陕西遇到一个朋友是做中学校长的，于是他就做了中学教员。做中学教员这回事先不提。就单说何南生这面貌，一看上去真使你替他发愁，两个眼睛非常光亮而又时时在留神，凡是别人要看的东西，他却躲避着，而别人不要看的东西，他却偷着看，他还没开口说话，他的嘴先向四边咧着，几乎把嘴咧成一个火柴盒形，那样子使人疑心他吃了黄连。除了这之外，他的脸上还有点特别的地方，就是下眼睑之下那两块豆腐块样突起的方形筋肉，不管他在说话的时候，在笑的时候，在发愁的时候，那两块筋肉永久不会运动，就连他最好的好朋友，不用说，就连他的太太吧！也从没有看到他那两块砖头似的筋肉运动过。

"这是干什么……这些人，我说：中国人若有出息真他妈的……"

何南生一向反对中国人，就好像他自己不是中国人似的。抗战之前反对得更厉害，抗战之后稍稍好了一点，不过有时候仍旧来了他的老毛病。

什么是他的老毛病呢？就是他本身将要发生点困难的事情，也许这事情不一定发生，只要他一想到关于他本身的一点不痛快的事，他就对全世界怀着不满。好比他的袜子晚上脱的时候掉在地板上，差一点没给耗子咬了一个洞，又好比临走下讲台的当儿，一脚踏在一支粉笔头上，粉笔头一滚，好险没有跌了一跤。总之，危险的事情若没有发生就过去了，他就越感到那危险得了不得，所以他的嘴上除掉常常说中国人怎样怎样之外，还有一句常说的就是：

"到那时候可怎么办哪……"

他一回头，又看到了那塞满着人的好像鸭笼似的火车。

"到那时候可怎么办哪？"现在他所说的到那时候可怎么办是指着到他们逃难的时候可怎么办。

何南生和他的太太送走了一个同事，还没有离开站台，他就开始不满意，他的眼睛离开那火车第一眼看到他的太太，就觉得自己的太太胖得像笨猪，这在逃难的时候多麻烦。

"看吧，到那时候可怎么办！"他心里想着："再胖点就是一辆火车都要装不下啦！"可是他并没有说。

他又想到，还有两个孩子，还有一只柳条箱，一只猪皮箱，一个网篮，三床被子也得都带着……网篮里边还能装得下两个白铁锅。到哪里还不是得烧饭呢！逃难，逃到哪里还不是得先吃饭呢！不用说逃难，就说抗战吧，我看天天说抗战的逃起难来比谁都来得快，而且带着孩子老婆锅碗瓢盆一大堆。

在路上他走在他太太的前边，因为他心里一烦乱，就什么也不愿意看。他的脖子向前探着，两个肩头低落下来，两只胳臂就像用稻草做的似的，一路上连手指尖都没有弹一下。若不是看到他的两只脚还在一前一后地移动着，真要相信他是画匠铺里的纸彩人了。

这几天来何南生就替他们的家庭忧着心，而忧心得最厉害的就是从他送走那个同事，那快要压瘫人的火车的印象总不能去掉。可是也难说，就是不逃难，不抗战，什么事也没有的时候，他也总是胆战心惊的。这一抗战，他就觉得个人的幸福算完全没有希望了，他就开始做着倒霉的准备。倒霉也要准备的吗？读者们可不要稀奇，现在何南生就要做给我们看了：一九三八年三月十五日，何南生从床上起来了，第一眼他看到的，就是墙上他已准备好的日历。

"对的，是今天，今天是十五……"

一夜他没有好好睡，凡是他能够想起的，他就一件一件的不管大事小事都把它想一遍，一直听到了潼关的炮声。

敌人占了风陵渡和我们隔河炮战已经好几天了，这炮声夜里就停息，天一亮就开始，本来这炮声也没有什么可怕的，何南生也不怕，虽然他教书的那个学校离潼关几十里路，照理应该害怕，可是因为他的东西都通通整理好了，就要走了，还管他炮战不炮战呢！

　　他第二眼看到的就是他太太给他摆在枕头旁边的一双袜子。

　　"这是干什么？这是逃难哪……不是上任去呀……你知道现在袜子多少钱一双……"他喊着他的太太："快把旧袜子给我拿来！把这新袜子给我放起来。"

　　他把脚尖伸进拖鞋里去，没有看见说破袜子破到什么程度，那露在后边的脚跟，他太太一看到就咧起嘴来。

　　"你笑什么，你笑！这有什么好笑的……还不快给孩子穿衣裳，天不早啦……上火车比登天还难，那天你还没看见。袜子破有什么好笑的，你没看到前线上的士兵呢！都光着脚。"这样说，好像他看见了，其实他也没看见。

　　十一点钟还有他的一堂历史课，他没有去上，两点钟他要上车站。

　　他吃午饭的时候，一会看看钟，一会揩揩汗，心里一着急，所以他就出汗。学生问他几点钟开车，他就说：

　　"六点一班车，八点还有一班车，我是预备六点的，现在的事难说，要早去，何况我是带着他们……"他所说的"他们"是指的孩子，老婆和箱子。

　　因为他是学生们组织的抗战救国团的指导，临走之前还得给学生们讲几句话。他讲的什么，他没有准备，他一开头就说，他说他三五天就回来，其实他是一去就不回来的。最后一句说的是最后的胜利是我们的……其余的他说，他与陕西共存亡，他绝不逃难。

　　何南生的一家，在五点二十分钟的时候，算是全来到了车站：太太，孩子——一个男孩，一个女孩。——一个柳条箱，一个猪皮箱，一只网篮，三个行李包。为什么行李包这样多呢？因为他把雨伞，字纸篓，旧报纸都用一条被子裹着，算做一件行李；又把抗战救国团所发的棉制服，还有一双破棉鞋，又用一条被子包着，这又是一个行李；那第三个行李，一条被子，那里边包的东西可非常多：电灯泡，粉笔箱，羊毛刷子，扫床的扫帚，破揩布两三块，洋蜡头一大堆，算盘子一个，细铁丝两丈多，还有一团白线，还有肥皂盒盖一个，剩下又都是旧报纸。

只旧报纸他就带了五十多斤，他说：到哪里还不得烧饭呢？还不得吃呢？而点火还有比报纸再好的吗？这逃难的时候，能俭省就俭省，肚子不饿就行了。

除掉这三个行李，网篮也最丰富：白铁锅，黑瓦罐，空饼干盒子，挂西装的弓形的木架，洗衣裳时挂衣裳的绳子，还有一个掉了半个边的陕西土产的痰盂，还有一张小油布，是他那个两岁的女孩夜里铺在床上怕尿了褥子用的，还有两个破洗脸盆。一个洗脸的，一个洗脚的。还有油乌的筷子笼一个，切菜刀一把，筷子一大堆，吃饭的饭碗三十多个，切菜墩三个。切菜墩和饭碗是一个朋友走留给他的。他说：逃难的时候，东西只有越逃越少，是不会越逃越多的，若可能就多带些个，没有错，丢了这个还有那个，就是扔也能够多扔几天呀！还有好几条破裤子都在网篮的底上，这个他也有准备。

他太太在装网篮的时候问他：

"这破裤子要它做什么呢？"

他说:"你看你,万事没有打算,若有到难民所去的那一天,这个不都是好的吗?"

所以何南生这一家人,在他领导之下,五点二十分钟才全体到了车站,差一点没赶上火车——火车六点开。

何南生一边流着汗珠一边觉得这回可万事齐全了,他的心上有八分快乐,他再也想不起什么要拿而没有拿的,因为他已经跑回去三次,第一次取了一个花瓶,第二次又在灯头上拧下一个灯伞来,第三次他又取了忘记在灶台上的半盒刀牌烟。

火车站离他家很近,他回头看看那前些日子还是白的,为着怕飞机昨天才染成灰色的小房。他点起一支烟来,在站台上来回地喷着,反正就等火车来,就等这一上了。

"到那时候可怎么办哪!"照理他正该说这一句话的时候。站台上不知堆了多少箱子,包裹,还有那么一大批流着血的伤兵,还有那么一大堆吵叫着的难民。这都是要上六点钟开往西安的火车。但何南生的习惯不是这样,凡事一开头,他最害怕,总之一开头他就绝望,等到事情真来了,或是越来越近了,或是就在眼前,一到这时候,你看他就安闲得多。

火车就要来了,站台的大钟已经五点四十一分。

他又把他所有的东西看了一遍,一共是大小六件,外加热水瓶一个。

"实在没有什么东西忘记了吧!你再好好想想!"他问他的太太说。

他的女孩跌了一跤，正在哭着，他太太就用手给那孩子抹着鼻涕：

"哟！我的小手帕忘下了呀！今天早晨洗的，就挂在院心的绳子上。我想着想着，说可别忘了，可是到底忘了，我觉得还有点什么东西，有点什么东西，可就想不起来。"

何南生早就离开太太往回跑了。

"怎么能够丢呢？你知道现在的手帕多少钱一条？"他就用那手揩着脸上的汗，"这逃难的时候，我没说过吗！东西少了可得节约，添不起。"

他刚喘上一口气来，他用手一摸口袋；早晨那双没有舍得穿的新袜子又没有了。

"这是丢在什么地方啦？他妈的……火车就要到啦……三四毛钱，又算白扔啦！"

火车误了点，六点五分钟还没到，他就趁这机会又跑回去一趟，袜子果然找到了，托在他的掌心上，他正在研究着袜子上的花纹，他听他的太太说："你的眼镜呀……"

可不是，他一摸眼镜又没有了，本来他也不近视，也许为了好看，他戴眼镜。

他正想回去找眼镜，这时候，火车到了。

他提起箱子来，向车门奔去，他挤了半天没有挤进去，他看别人都比他来得快，也许别人的东西轻些，自己不是最先奔到车门口的吗？怎么上不去，却让别人上去了呢？大概过了十分钟，他的箱子和他仍旧站在车厢外边。

"中国人真他妈的……真是天生中国人！"他的帽子被挤下去时，他这样骂着。

火车开出去好远了，何南生的全家仍旧完完全全地留在站台上。

"他妈的，中国人要逃不要命，还抗战呢！不如说逃战吧！"他说完了"逃战"还四边看一看，这车站上是否有自己的学生或熟人，他一看没有，于是又抖着他那被撕裂的长衫："这还行，这还没有见个敌人的影，就吓迷魂啦！要挤死啦！好像屁股后边有大炮轰着。"

八点钟的那次开往西安的列车进站了，何南生又率领着他的全家向车厢冲去，女人叫着，孩子哭着，箱子和网篮又挤得吱咯地乱响。何南生恍恍惚惚地觉得自己是跌倒了，等他站起来，他的鼻子早就流了不少的血，血染着长衫的前胸。他太太报告说，他们只有一只猪皮箱子在人们的头顶上被挤进了车厢去。

"那里装的都是什么东西？"他着急所以连那猪皮箱子装的什么东西都弄不清了。

"你还不知道吗？不都是你的衣裳？你的西装……"

他一听这个还了得！他就向着他太太所指的那个车厢奔去，火车就开了，起初开得很慢，他还跟着跑，他还招呼着，而后只得安然地退下来。

他的全家仍旧留在站台上，和别的那些没有上得车的人们留在一起。只是他的猪皮箱子自己跑上火车去走了。

"走不了，走不了，谁让你带这些破东西呢？我看……"太太说。

"不带，不带，什么也不带……到那时候可怎么办哪！"

"让你带吧！我看你现在还带什么！"

猪皮箱不跟着主人而自己跑了，饱满的网篮在枕木旁边裂着肚子，小白铁锅瘪得非常可怜，若不是它的主人，就不能认识它了。而那个黑瓦罐竟碎成一片一片的。三个行李只剩下一个完整的，他们的两个孩子正坐在那上面休息。其余的一个行李不见了，另一个被撕裂了，那些旧报纸在站台上飞，柳条箱也不见了，记不清是别人给拿去了，还是他们自己抬上车去了。

等到第三次开往西安的车，何南生的全家总算全上去了。到了西安一下火车先到他们的朋友家。

"你们来了呵！都很好！车上没有挤着？"

"没有，没有，就是丢点东西……还好，还好，人总算平安。"何南生的下眼睑之下的那两块不会运动的筋肉，仍旧没有运动。

"到那时候……"他又想要说到那时候可怎么办，没有说，他想算了吧！抗战胜利之前，什么能是自己的呢？抗战胜利之后什么不都有了吗？

何南生平静地把那一路上抱来的热水瓶放在了桌子上。

1939 年

小城三月

一

三月的原野已经绿了，像地衣那样绿，透出在这里、那里。郊原上的草，是必须转折了好几个弯儿才能钻出地面的，草儿头上还顶着那胀破了种粒的壳，发出一寸多高的芽子，欣幸地钻出了土皮。放牛的孩子，在掀起了墙脚下面的瓦片时，找到了一片草芽了，孩子们回到家里告诉妈妈，说："今天草芽出土了！"妈妈惊喜地说："那一定是向阳的地方！"抢根菜的白色的圆石似的籽儿在地上滚着，野孩子一升一斗地在拾着。蒲公英发芽了，羊咩咩地叫，乌鸦绕着杨树林子飞。天气一天暖似一天，日子一寸一寸的都有意思。杨花满天照地地飞，像棉花似的。人们出门都是用手捉着，杨花挂着他了。草和牛粪都横在道上，放散着强烈的气味，远远的有用石子打船的声音，空空……的大响传来。

河冰发了，冰块顶着冰块，苦闷又奔放地向下流。乌鸦站在冰块上寻觅小鱼吃，或者是还在冬眠的青蛙。

天气突然地热起来，说是"二八月，小阳春"，自然冷天气还是要来的，但是这几天可热了。春天带着强烈的呼唤从这头走到那头……

小城里被杨花给装满了，在榆树还没变黄之前，大街小巷到处飞着，像纷纷落下的雪块……

春来了。人人像久久等待着一个大暴动，今天夜里就要举行，人人带着犯罪的心情，想参加到解放的尝试……春吹到每个人的心坎，带着呼唤，带着蛊惑……

我有一个姨，和我的堂哥哥大概是恋爱了。

姨母本来是很近的亲属，就是母亲的姊妹。但是我这个姨，她不是我的亲姨，她是我的继母的继母的女儿。那么她可算与我的继母有点血统的关系了，其实也是没有的。因为我这个外祖母是在已经做了寡妇之后才来到的外祖父家，翠姨就是这个外祖母原来在另外一家所生的女儿。

翠姨还有一个妹妹，她的妹妹小她两岁，大概是十七八岁，那么翠姨也就是十八九岁了。

翠姨生得并不是十分漂亮，但是她长得窈窕，走起路来沉静而且漂亮，讲起话来清楚地带着一种平静的感情。她伸手拿樱桃吃的时候，好像她的手指尖对那樱桃十分可怜的样子，她怕把它触坏了似的轻轻地捏着。

假若有人在她的背后召唤她一声，她若是正在走路，她就会停下；若是正在吃饭，就要把饭碗放下，而后把头向着自己的肩膀转过去，而全身并不大转，于是她自觉地闭合着嘴唇，像是有什么要说而一时说不出来似的……

而翠姨的妹妹，忘记了她叫什么名字，反正是一个大说大笑的，不十分修边幅，和她的姐姐完全不同。花的绿的，红的紫的，只要是市上流行的，她就不大加以选择，做起一件衣服来赶快就穿在身上。穿上了而后，到亲戚家去串门，人家恭维她的衣料怎样漂亮的时候，她总是说，和这完全一样的，还有一件，她给了她的姐姐了。

我到外祖父家去，外祖父家里没有像我一般大的女孩子陪着我玩，所以每当我去，外祖母总是把翠姨喊来陪我。

翠姨就住在外祖父的后院，隔着一道板墙，一招呼，听见就来了。

外祖父住的院子和翠姨住的院子，虽然只隔一道板墙，但是却没有门可通，所以还得绕到大街上去从正门进来。

因此有时翠姨先来到板墙这里，从板墙缝中和我打了招呼，而后回到屋去装饰了一番，才从大街上绕了个圈来到她母亲的家里。

翠姨很喜欢我，因为我在学堂里念书，而她没有，她想什么事我都比她明白。所以她总是有许多事务同我商量，看看我的意见如何。

到夜里，我住在外祖父家里了，她就陪着我也住下的。

　　每每从睡下了就谈，谈过了半夜，不知为什么总是谈不完……

　　开初谈的是衣服怎样穿，穿什么样的颜色的，穿什么样的料子。比如走路应该快或是应该慢。有时白天里她买了一个别针，到夜里她拿出来看看，问我这别针到底是好看或是不好看，那时候，大概是十五年前的时候，我们不知别处如何装扮一个女子，而在这个城里几乎个个都有一条宽大的绒绳结的披肩，蓝的、紫的，各色的也有，但最多多不过枣红色了。几乎在街上所见的都是枣红色的大披肩了。

　　哪怕红的绿的那么多，但总没有枣红色的最流行。

　　翠姨的妹妹有一张，翠姨有一张，我的所有的同学，几乎每人有一张。就连素不考究的外祖母的肩上也披着一张，只不过披的是蓝色的，没有敢用那最流行的枣红色的就是了。因为她总算年纪大了一点，对年青人让了一步。

　　还有那时候都流行穿绒绳鞋，翠姨的妹妹就赶快地买了穿上。因为她那个人很粗心大意，好坏她不管，只是人家有她也有，别人是人穿衣裳，而翠姨的妹妹就好像被衣服所穿了似的，芜芜杂杂。但永远合乎着应有尽有的原则。

　　翠姨的妹妹的那绒绳鞋，买来了，穿上了。在地板上跑着，不大一会工夫，那每只鞋脸上系着的一只毛球，竟有一个毛球已经离开了鞋子，向上跳着，只还有一根绳连着，不然就要掉下来了。很好玩的，好像一颗大红枣被系到脚上去了。因为她的鞋子也是枣红色的，大家都在嘲笑她的鞋子一买回来就坏了。

　　翠姨，她没有买，她犹疑了好久，不管什么新样的东西到了，她总不是很快地就去买了来，也许她心里边早已喜欢了，但是看上去她都像反对似的，好像她都不接受。

她必得等到许多人都开始采办了，这时候看样子，她才稍稍有些动心。

好比买绒绳鞋，夜里她和我谈话，问过我的意见，我也说是好看的，我有很多的同学，她们也都买了绒绳鞋。

第二天翠姨就要求我陪着她上街，先不告诉我去买什么，进了铺子选了半天别的，才问到我绒绳鞋。

走了几家铺子，都没有，都说是已经卖完了。我晓得店铺的人是这样瞎说的。表示他家这店铺平常总是最丰富的，只恰巧你要的这件东西，他就没有了。我劝翠姨说咱们慢慢地走，别家一定会有的。

我们是坐马车从街梢上的外祖父家来到街中心的。

见了第一家铺子，我们就下了马车。不用说，马车我们已经是付过了车钱的。等我们买好了东西回来的时候，会另外叫一辆的。因为我们不知道要有多久。大概看见什么好，虽然不需要也要买点，或是东西已经买全了不必要再多留连，也要留连一会，或是买东西的目的，本来只在一双鞋，而结果鞋子没有买到，反而**啰里啰唆**地买回来许多用不着的东西。

这一天，我们辞退了马车，进了第一家店铺。

在别的大城市里没有这种情形，而在我家乡里往往是这样，坐了马车，虽然是付过了钱，让他自由去兜揽生意，但是他常常还仍旧等候在铺子的门外，等一出来，他仍旧请你坐他的车。

　　我们走进第一个铺子，一问没有。于是就看了些别的东西，从绸缎看到呢绒，从呢绒再看到绸缎，布匹是根本不看的，并不像母亲们进了店铺那样子，这个买去做被单，那个买去做棉袄的，因为我们管不了被单、棉袄的事。母亲们一月不进店铺，一进店铺又是这个便宜应该买，那个不贵，也应该买。比方一块在夏天才用得着的花洋布，母亲们冬天里就买起来了，说是趁着便宜多买点，总是用得着的。而我们就不然了，我们是天天进店铺的，天天搜寻些个是好看的，是贵的值钱的，平常时候绝对的用不到想不到的。

　　那一天我们就买了许多花边回来，钉着光片的，带着琉璃的。说不上要做什么样的衣服才配得着这种花边。也许根本没有想到做衣服，就贸然地把花边买下了。一边买着，一边说好，翠姨说好，我也说好。到了后来，回到家里，当众打开了让大家评判，这个一言，那个一语，让大家说得也有一点没有主意了，心里已经五六分空虚了。于是赶快地收拾了起来，或者从别人的手中夺过来，把它包起来，说她们不识货，不让她们看了。

　　勉强说着：

　　"我们要做一件红金丝绒的袍子，把这个黑琉璃边镶上。"

　　或是：

　　"这红的我们送人去……"

　　说虽仍旧如此说，心里已经八九分空虚了，大概是这些所心爱的，从此就不会再出头露面的了。

　　在这小城里，商店究竟没有多少，到后来又加上看不到绒绳鞋，心里着急，也许跑得更快些，不一会工夫，只剩了三两家了。而那三两家，又偏偏是不常去的，铺子小，货物少。想来它那里也是一定不会有的了。

我们走进一个小铺子里去，果然有三四双，非小即大，而且颜色都不好看。

翠姨有意要买，我就觉得奇怪，原来就不十分喜欢，既然没有好的，又为什么要买呢？让我说着，没有买成回家去了。

过了两天，我把买鞋子这件事情早忘了。

翠姨忽然又提议要去买。

从此我知道了她的秘密，她早就爱上了那绒绳鞋了，不过她没有说出来就是。她的恋爱的秘密就是这样子的，她似乎要把它带到坟墓里去，一直不要说出口，好像天底下没有一个人值得听她的告诉……

在外边飞着满天的大雪，我和翠姨坐着马车去买绒绳鞋。我们身上围着皮褥子，赶车的车夫高高地坐在车夫台上，摇晃着身子唱着沙哑的山歌："喝咧咧……"耳边的风呜呜地啸着，从天上倾下来的大雪迷乱了我们的眼睛，远远的天隐在云雾里，我默默地祝福翠姨快快买到可爱的绒绳鞋，我从心里愿意她得救……

市中心远远地朦朦胧胧地站着，行人很少，全街静悄无声。我们一家挨一家地问着，我比她更急切，我想赶快买到吧，我小心地盘问着那些店员们，我从来不放弃一个细微的机会，我鼓励翠姨，没有忘记一家。使她都有点儿诧异，我为什么忽然这样热心起来，但是我完全不管她的猜疑，我不顾一切地想在这小城里，找出一双绒绳鞋来。

　　只有我们的马车，因为载着翠姨的愿望，在街上奔驰得特别的清醒，又特别的快。雪下得更大了，街上什么人都没有了，只有我们两个人，催着车夫，跑来路去。一直到天都很晚了，鞋子没有买到。翠姨深深地看到我的眼里说：“我的命，不会好的。”我很想装出大人的样子，来安慰她，但是没有等到找出什么适当的话来，泪便流出来了。

<h1 style="text-align:center">二</h1>

　　翠姨以后也常来我家住着，是我的继母把她接来的。

　　因为她的妹妹订婚了，怕是她一旦地结了婚，忽然会剩下她一个人来，使她难过。因为她的家里并没有多少人，只有她的一个六十多岁的老祖父，再就是一个也是寡妇的伯母，带一个女儿。

　　堂姊妹本该在一起玩耍解闷的，但是因为性格的相差太远，一向是水火不同炉地过着日子。

　　她的堂妹妹，我见过，永久是穿着深色的衣裳，黑黑的脸，一天到晚陪着母亲坐在屋子里，母亲洗衣裳，她也洗衣裳；母亲哭，她也哭。也许她帮着母亲哭她死去的父亲，也许哭的是她们的家穷。那别人就不晓得了。

　　本来是一家的女儿，翠姨她们两姊妹却像有钱的人家的小姐，而那个堂妹妹，看上去却像乡下丫头。这一点使她得到常常到我们家里来住的权利。

她的亲妹妹订婚了，再过一年就出嫁了。在这一年中，妹妹大大地阔气了起来，因为婆家那方面一订婚就来了聘礼。这个城里，从前不用大洋票，而用的是广信公司出的帖子，一百吊一千吊地论。她妹妹的聘礼大概是几万吊，所以她忽然不得了起来，今天买这样，明天买那样，花别针一个又一个的，丝头绳一团一团的，带穗的耳坠子，洋手表，样样都有了。每逢出街的时候，她和她的姐姐一道，现在总是她付车钱了，她的姐姐要付，她却百般地不肯，有时当着人面，姐姐一定要付，妹妹一定不肯，结果闹得很窘，姐姐无形中觉得一种权利被人剥夺了。

但是关于妹妹的订婚，翠姨一点也没有羡慕的心理。妹妹未来的丈夫，她是看过的，没有什么好看，很高，穿着蓝袍子黑马褂，好像商人，又像一个小土绅士。又加上翠姨太年轻了，想不到什么丈夫，什么结婚。

因此，虽然妹妹在她的旁边一天比一天的丰富起来，妹妹是有钱了，但是妹妹为什么有钱的，她没有考察过。

所以当妹妹尚未离开她之前，她绝对地没有重视"订婚"的事。

就是妹妹已经出嫁了，她也还是没有重视这"订婚"的事。

不过她常常地感到寂寞。她和妹妹出来进去的，因为家庭环境孤寂，竟好像一对双生子似的，而今去了一个，不但翠姨自己觉得单调，就是她的祖父也觉得她可怜。

所以自从她的妹妹嫁了，她就不大回家，总是住在她的母亲的家里。有时我的继母也把她接到我们家里。

翠姨非常聪明，她会弹大正琴，就是前些年所流行在中国的一种日本琴，她还会吹箫或是会吹笛子。不过弹那琴的时候却很多。住在我家里的时候，我家的伯父，每在晚饭之后必同我们玩这些乐器的。笛子、箫、日本琴、风琴、月琴，还有什么打琴。真正的西洋的乐器，可一样也没有。

在这种正玩得热闹的时候，翠姨也来参加了。翠姨弹了一个曲子，和我们大家立刻就配合上了。于是大家都觉得在我们那已经天天闹熟了的老调子之中，又多了一个新的花样。于是立刻我们就加倍地努力，正在吹笛子的把笛子吹得特别响，把笛膜振抖得似乎就要爆裂了似的滋滋地叫着。十岁的弟弟在吹口琴，他摇着头，好像要把那口琴吞下去似的，至于他吹的是什么调子，已经是没有人留意了。在大家忽然来了勇气的时候，似乎只需要这种胡闹。

而那按风琴的人，因为越按越快，到后来也许是已经找不到琴键了，只是那踏脚板越踏越快，踏得呜呜地响，好像有意要毁坏了那风琴，而想把风琴撕裂了一般的。

大概所奏的曲子是《梅花三弄》，也不知道接连地弹过了多少圈，看大家的意思都不想要停下来。不过到了后来，实在是气力没有了，找不着拍子的找不着拍子，跟不上调的跟不上调，于是在大笑之中，大家停下来了。

不知为什么，在这么快乐的调子里边，大家都有点伤心，也许是乐极生悲了，把我们都笑得一边流着眼泪，一边还笑。

正在这时候，我们往门窗处一看，我的最小的小弟弟，刚会走路，他也背着一个很大的破手风琴来参加了。

谁都知道，那手风琴从来也不会响的。把大家笑死了。在这回得到了快乐。

我的哥哥（伯父的儿子，钢琴弹得很好）吹箫吹得最好，这时候他放下了箫，对翠姨说："你来吹吧！"翠姨却没有言语，站起身来，跑到自己的屋子去了，我的哥哥，好久好久地看着那帘子。

三

翠姨在我家，和我住一个屋子。月明之夜，屋子照得通亮。翠姨和我谈话，往往谈到鸡叫，觉得也不过刚刚半夜。

鸡叫了，才说："快睡吧，天亮了。"

有的时候，一转身，她又问我：

"是不是一个人结婚太早不好，或许是女子结婚太早是不好的！"

我们以前谈了很多话，但没有谈到这些。

总是谈什么衣服怎样穿，鞋子怎样买，颜色怎样配；买了毛线来，这毛线应该打个什么的花纹；买了帽子来，应该评判这帽子还微微有点缺点，这缺点究竟在什么地方，虽然说是不要紧，或者是一点关系也没有，但批评总是要批评的。

有时再谈得远一点，就是表姊表妹之类订了婆家，或是什么亲戚的女儿出嫁了。或是什么耳闻的，听说的，新娘子和新姑爷闹别扭之类。

那个时候，我们的县里，早就有了洋学堂了。小学好几个，大学没有。只有一个男子中学，往往成为谈论的目标。谈论这个，不单是翠姨，外祖母、姑姑、姐姐之类，都愿意讲究这当地中学的学生。因为他们一切洋化，穿着裤子，把裤腿卷起来一寸，一张口，"格得毛宁"①外国话，他们彼此一说话就"答答答"②，听说这是什么俄国话。而更奇怪的就是他们见了女人不怕羞。这一点，大家都批评说是不如从前了，从前的书生，一见了女人脸就红。

我家算是最开通的了。叔叔和哥哥他们都到北京和哈尔滨那些大地方去读书了，他们开了不少的眼界。回到家里来，大讲他们那里都是男孩子和女孩子同学。

这一题目，非常的新奇，开初都认为这是造了反。后来因为叔叔也常和女同学通信，因为叔叔在家庭里是有点地位的人。并且父亲从前也加入过国民党，革命过，所以这个家庭都"咸与维新"③起来。

因此在我家里一切都是很随便的，逛公园，正月十五看花灯，都

---

① "格得毛宁"：英语"Good morning"的音译，意为早安。

② "答答答"：俄语"Da Da Da"的音译，意为是的、对的。

③ "咸与维新"：语出《书·胤征》"天吏逸德，烈于猛火，歼厥渠魁，胁从罔治。旧染污俗，咸与维新"，本意为"都给（沾染恶习、旧俗的人）重新做人"，后表示"都参加更新旧制"。

是不分男女，一齐去。

而且我家里设了网球场，一天到晚地打网球，亲戚家的男孩子来了，我们也一齐地打。

这都不谈，仍旧来谈翠姨。

翠姨听了很多的故事。关于男学生结婚的事情，就是我们本县里，已经有几件事情不幸的了。有的结婚了，从此就不回家了；有的娶来了太太，把太太放在另一间屋子里住着，而且自己却永久住在书房里。

每逢讲到这些故事时，多半别人都是站在女的一面，说那男子都是念书念坏了，一看了那不识字的又不是女学生之类就生气，觉得处处都不如他，天天总说是婚姻不自由。可是自古至今，都是爹许娘配的，偏偏到了今天，都要自由，看吧，这还没有自由呢，就先来了花头故事了，娶了太太的不回家，或是把太太放在另一个屋子里。这些都是念书念坏了的。

翠姨听了许多别人家的评论。大概她心里边也有些不平，她就问我不读书是不是很坏的，我自然说是很坏的。而且她看了我们家里男孩子、女孩子通通到学堂去念书的。而且我们亲戚家的孩子也都是读书的。

因此她对我很佩服，因为我是读书的。

但是不久，翠姨就订婚了。就是她妹妹出嫁不久的事情。

她的未来的丈夫，我见过。在外祖父的家里。人长得又低又小，穿一身蓝布棉袍子，黑马褂，头上戴一顶赶大车的人所戴的五耳帽子。

　　当时翠姨也在的，但她不知道那是她的什么人，她只当是哪里来了这样一位乡下的客人。外祖母偷着把我叫过去，特别告诉了我一番，这就是翠姨将来的丈夫。

　　不久翠姨就很有钱，她的丈夫的家里，比她妹妹丈夫的家里还更有钱得多。婆婆也是个寡妇，守着个独生的儿子。儿子才十七岁，是在乡下的私学馆里读书。

　　翠姨的母亲常常替翠姨解说，人矮点不要紧，岁数还小呢，再长上两三年两个人就一般高了。劝翠姨不要难过，婆家有钱就好的。聘礼的钱十多万都交过来了，而且就由外祖母的手亲自交给了翠姨；而且还有别的条件保障着，那就是说，三年之内绝对不准娶亲，借着男的一方面年纪太小为词，翠姨更愿意远远地推着。

　　翠姨自从订婚之后，是很有钱的了，什么新样子的东西一到，虽说不是一定抢先去买了来，总是过不了多久，箱子里就要有的了。那时候夏天最流行银灰色市布大衫，而翠姨穿起来最好，因为她有好几件，穿过两次不新鲜就不要了，就只在家里穿，而出门就又去做一件新的。

　　那时候正流行着一种长穗的耳坠子，翠姨就有两对，一对红宝石的，一对绿的，而我的母亲才能有两对，而我才有一对。可见翠姨是顶阔气的了。

　　还有那时候就已经开始流行高跟鞋了。可是在我们本街上却不大有人穿，只有我的继母早就开始穿，其余就算是翠姨。并不是一定因为我的母亲有钱，也不是因为高跟鞋一定贵，只是女人们没有那么摩登的行为，或者说她们不很容易接受新的思想。

翠姨第一天穿起高跟鞋来，走路还很不平稳，但到第二天就比较地习惯了。到了第三天，就是说以后，她就是跑起来也是很平稳的，而且走路的姿态更加可爱了。

我们有时也去打网球玩玩，球撞到她脸上的时候，她才用球拍遮了一下，否则她半天也打不到一个球。因为她一上了场站在白线上就是白线上，站在格子里就是格子里，她根本不动。有的时候，她竟拿着网球拍子站着一边去看风景去。尤其是大家打完了网球，吃东西的吃东西去了，洗脸的洗脸去了，唯有她一个人站在短篱前面，向着远远的哈尔滨市影痴望着。

有一次我同翠姨一同去做客。我继母的族中娶媳妇。她们是八旗人，也就是满人，满人才讲究场面呢，所有的族中的年青的媳妇都必得到场，而个个打扮得如花似玉。似乎咱们中国的社会，是没这么繁华的社交场面的，也许那时候，我是小孩子，把什么都看得特别繁华，就只说女人们的衣服吧，就个个都穿得和现在西洋女人在夜总会里边那么庄严，一律都穿着绣花大袄。而她们是八旗人，大袄的襟下一律地没有开口，而且很长。大袄的颜色枣红的居多，绛色的也有，玫瑰紫色的也有。而那上边绣的颜色，有的荷花，有的玫瑰，有的松竹梅，一句话，特别的繁华。

她们的脸上，都擦着白粉，她们的嘴上都染得桃红。

每逢一个客人到了门前，她们是要列着队出来迎接的，她们都是我的舅母，一个一个地上前来问候了我和翠姨。

翠姨早就熟识她们的，有的叫表嫂子，有的叫四嫂子。而在我，她们就都是一样的，好像小孩子的时候，所玩的用花纸剪的纸人，这个和那个都是一样，完全没有分别。都是花缎的袍子，都是白白的脸，都是很红的嘴唇。

就是这一次，翠姨出了风头了，她进到屋里，靠着一张大镜子旁坐下了。

女人们就忽然都上前来看她，也许她从来没有这么漂亮过，今天把别人都惊住了。

依我看，翠姨还没有她从前漂亮呢，不过她们说翠姨漂亮得像棵新开的蜡梅。翠姨从来不擦胭脂的，而那天又穿了一件为着将来做新娘子而准备的蓝色缎子满是金花的夹袍。

翠姨让她们围起看着，难为情了起来，站起来想要逃掉似的，迈着很勇敢的步子，茫然地往里边的房间里闪开了。

谁知那里边就是新房呢，于是许多的嫂嫂们就哗然地叫着，说：

"翠姐姐不要急，明年就是个漂亮的新娘子，现在先试试去。"

当天吃饭饮酒的时候，许多客人从别的屋子来呆呆地望着翠姨。翠姨举着筷子，似乎是在思量着，保持着镇静的态度，用温和的眼光看着她们。仿佛她不晓得人们专门在看着她似的。但是别的女人们羡慕了翠姨半天了，脸上又都突然地冷落起来，觉得有什么话要说，又都没有说，然后彼此对望着，笑了一下，吃菜了。

四

有一年冬天，刚过了年，翠姨就来到了我家。

伯父的儿子——我的哥哥，就正在我家里。

我的哥哥，人很漂亮，很直的鼻子，很黑的眼睛，嘴也好看，头发也梳得好看，人很长，走路很爽快。大概在我们所有的家族中，没有这么漂亮的人物。

冬天，学校放了寒假，所以来我们家里休息。大概不久，学校开学就要上学去了。哥哥是在哈尔滨读书。

我们的音乐会，自然要为这新来的角色而开了。翠姨也参加的。

于是非常的热闹，比方我的母亲，她一点也不懂这行，但是她也列了席，她坐在旁边观看，连家里的厨子、女工，都停下了工作来望着我们，似乎他们不是听什么乐器，而是在看人。我们聚满了一客厅。这些乐器的声音，大概很远的邻居都可以听到。

第二天邻居来串门的，就说：

"昨天晚上，你们家又是给谁祝寿？"

我们就说，是欢迎我们的刚到的哥哥。因此我们家是很好玩的，很有趣的。不久就到了正月十五看花灯的时节了。

我们家里自从父亲维新革命，总之在我们家里，兄弟姊妹，一律相待，有好玩的就一齐玩，有好看的就一齐去看。

伯父带着我们，哥哥、弟弟、姨……共八九个人，在大月亮地里往大街里跑去了。那路之滑，滑得不能站脚，而且高低不平。他们男孩子们跑在前面，而我们因为跑得慢就落了后。

于是那在前边的他们回头来嘲笑我们，说我们是小姐，说我们是娘娘，说我们走不动。

我们和翠姨早就连成一排向前冲去，但是不是我倒，就是她倒。到后来还是哥哥他们一个一个地来扶着我们，说是扶着，未免地太示弱了，也不过就是和他们连成一排向前进着。

不一会到了市里，满路花灯，人山人海。又加上狮子、旱船、龙灯、秧歌，闹得眼也花起来，一时也数不清多少玩意儿，哪里会来得及看，似乎只是在眼前一晃，就过去了，而一会别的又来了，又过去了。其实也不见得繁华得多么不得了，不过觉得世界上是不会比这个再繁华的了。

商店的门前，点着那么大的火把，好像热带的大椰子树似的。一个比一个亮。

我们进了一家商店，那是父亲的朋友开的。他们很好地招待我们，茶、点心、橘子、元宵。我们哪里吃得下去，听到门外一打鼓，就心慌了。而外边鼓和喇叭又那么多，一阵来了，一阵还没有去远，一阵又来了。

因为城本来是不大的，有许多熟人也都是来看灯的，都遇到了。其中我们本城里的在哈尔滨念书的几个男学生，他们也来看灯了。哥哥都认识他们。我也认识他们，因为这时候我们到哈尔滨念书去了，所以一遇到了我们，他们就和我们在一起。他们出去看灯，看了一会，又回到我们的地方，和伯父谈话，和哥哥谈话。我晓得他们，因为我们家比较有势力，他们是很愿和我们讲话的。

所以回家的一路上，又多了两个男孩子。

不管人讨厌不讨厌，他们穿的衣服总算都市化了。个个都穿着西装，戴着呢帽，外套都是到膝盖的地方，脚下很利落清爽。比起我们城里的那种怪样子的外套，好像大棉袍子似的好看得多了。而且颈间又都束着一条围巾，那围巾自然也是全丝全线的花纹。似乎一束起那围巾来，人就更显得庄严，漂亮。

翠姨觉得他们个个都很好看。

哥哥也穿的西装，自然哥哥也很好看。因此在路上她一直在看哥哥。

翠姨梳头梳得是很慢的，必定梳得一丝不乱；擦粉也要擦了洗掉，洗掉再擦，一直擦到认为满意为止。花灯节的第二天早晨她就梳得更慢，一边梳头一边在思量。本来按规矩每天吃早饭，必得三请两请才能出席，今天必得请到四次，她才来了。

我的伯父当年也是一位英雄，骑马、打枪绝对好。后来虽然已经五十岁了，但是风采犹存。我们都爱伯父的，伯父从小也就爱我们。诗、词、文章，都是伯父教我们的。翠姨住在我们家里，伯父也很喜欢翠姨。今天早饭已经开好了。催了翠姨几次，翠姨总是不出来。

伯父说了一句："林黛玉……"

于是我们全家的人都笑了起来。

翠姨出来了，看见我们这样地笑，就问我们笑什么。我们没有人肯告诉她。翠姨知道一定是笑的她，她就说：

"你们赶快地告诉我，若不告诉我，今天我就不吃饭了。你们读书识字，我不懂，你们欺侮我……"

闹嚷了很久，还是我的哥哥讲给她听了。伯父当着自己的儿子面前到底有些难为情，喝了好些酒，总算是躲过去了。

翠姨从此想到了念书的问题，但是她已经二十岁了，上哪里去念书？上小学，没有她这样大的学生，上中学，她是一字不识，怎样可以。所以仍旧住在我们家里。

弹琴、吹箫、看纸牌，我们一天到晚地玩着。我们玩的时候，全体参加，我的伯父，我的哥哥，我的母亲。

翠姨对我的哥哥没有什么特别的好，我的哥哥对翠姨就像对我们，也是完全的一样。

不过哥哥讲故事的时候，翠姨总比我们留心听些，那是因为她的年龄稍稍比我们大些，当然在理解力上，比我们更接近一些哥哥的了。哥哥对翠姨比对我们稍稍的客气一点。他和翠姨说话的时候，总是"是的""是的"的，而和我们说话则"对啦""对啦"。这显然因为翠姨是客人的关系，而且在名分上比他大。

不过有一天晚饭之后，翠姨和哥哥都没有了。每天饭后大概总要开个音乐会的。这一天也许因为伯父不在家，没有人领导的缘故。大家吃过也就散了。客厅里一个人也没有。我想找弟弟和我下一盘棋，弟弟也不见了。于是我就一个人在客厅里按起风琴来，玩了一下也觉得没有趣。客厅是静得很的,在我关上了风琴盖子之后,我就听见了在后屋里,或者在我的房子里是有人的。

我想一定是翠姨在屋里。快去看看她,叫她出来张罗着看纸牌。

我跑进去一看,不单是翠姨,还有哥哥陪着她。

看见了我,翠姨就赶快地站起来说:

"我们去玩吧。"

哥哥也说:

"我们下棋去,下棋去。"

他们出来陪我来玩棋,这次哥哥总是输,从前是他回回赢我的,我觉得奇怪,但是心里高兴极了。

不久寒假终了,我就回到哈尔滨的学校念书去了。可是哥哥没有同来,因为他上半年生了病,曾在医院里休养了一些时候,这次伯父主张他再请两个月的假,留在家里。

以后家里的事情,我就不大知道了,都是由哥哥或母亲讲给我听的。我走了以后,翠姨还住在家里。

后来母亲还告诉过,就是在翠姨还没有订婚之前,有过这样一件事情。我的族中有一个小叔叔,和哥哥一般大的年纪,说话口吃,没有风采,也是和哥哥在一个学校里读书。虽然他也到我们家里来过,但怕翠姨没有见过。那时外祖母就主张给翠姨提婚。那族中的祖母,一听就拒绝了,说是寡妇的孩子,命不好,也怕没有家教,何况父亲死了,母亲又出嫁了,好女不嫁二夫郎,这种人家的女儿,祖母不要。但是我母亲说，辈分合，他家还有钱，翠姨过门是一品当朝的日子，不会受气的。

这件事情翠姨是晓得的，而今天又见了我的哥哥，她不能不想哥哥大概是那样看她的。她自觉地觉得自己的命运不会好的。现在翠姨自己已经订了婚，是一个人的未婚妻。二则她是出了嫁的寡妇的女儿，她自己一天把这个背了不知有多少遍，她记得清清楚楚。

五

翠姨订婚，转眼三年了，正这时，翠姨的婆家通了消息来，张罗要娶。她的母亲来接她回去整理嫁妆。

翠姨一听就得病了。

但没有几天，她的母亲就带着她到哈尔滨采办嫁妆去了。

偏偏那带着她采办嫁妆的向导又是哥哥给介绍来的他的同学。他们住在哈尔滨的秦家岗上，风景绝佳，是洋人最多的地方。那男学生们的宿舍里边，有暖气，洋床。翠姨带着哥哥的介绍信，像一个女同学似的被他们招待着。又加上已经学了俄国人的规矩，处处尊重女子，所以翠姨当然受了他们不少的尊敬，请她吃大菜，请她看电影。坐马车的时候，上车让她先上，下车的时候，人家扶她下来。她每一动别人都为她服务，外套一脱，就接过去了。她刚一表示要穿外套，就给她穿上了。

不用说，买嫁妆她是不痛快的，但那几天，总算是一生中最开心的时候。

她觉得到底是读大学的人好，不野蛮，不会对女人不客气，绝不能像她的妹夫常常打她的妹妹。

经这到哈尔滨去一买嫁妆，翠姨就更不愿意出嫁了。她一想那个又丑又小的男人，她就恐怖。

她回来的时候，母亲又接她到我们家来住着，说她的家里又黑、又冷，说她太孤单可怜。我们家是一团暖气的。

到了后来，她的母亲发现她对于出嫁太不热心，该剪裁的衣裳，她不去剪裁；有一些零碎还要去买的，她也不去买。做母亲的总是常常要加以督促，后来就要接她回去，接到她的身边，好随时提醒她。她的母亲以为年青人必定要随时提醒的，不然总是贪玩。而况出嫁的日子又不远了，或者就是二三月。

想不到外祖母来接她的时候，她从心里不肯回去，她竟很勇敢地提出来她要读书的要求。她说她要念书，她想不到出嫁。

开初外祖母不肯，到后来，她说若是不让她读书，她是不出嫁的，外祖母知道她的心情，而且想起了很多可怕的事情……

外祖母没有办法，依了她。给她在家里请了一位老先生，就在自己家院子的空房子里边摆上了书桌，还有几个邻居家的姑娘，一齐念书。

翠姨白天念书，晚上回到外祖母家。

念了书，不多日子，人就开始咳嗽，而且整天地闷闷不乐。她的母亲问她，有什么不如意？陪嫁的东西买得不顺心吗？或者是想到我们家去玩吗？什么事都问到了。

翠姨摇着头不说什么。

过了一些日子，我的母亲去看翠姨，带着我的哥哥，他们一看见她，第一个印象，就觉得她苍白了不少。而且母亲断言地说，她活不久了。

大家都说是念书累的，外祖母也说是念书累的，没有什么要紧的；要出嫁的女儿们，总是先前瘦的，嫁过去就要胖了。

而翠姨自己则点点头，笑笑，不承认，也不加以否认。还是念书，也不到我们家来了，母亲接了几次，也不来，回说没有工夫。

翠姨越来越瘦了，哥哥去到外祖母家看了她两次，也不过是吃饭、喝酒，应酬了一番。而且说是去看外祖母的。在这里年青的男子，去拜访年青的女子，是不可以的。哥哥回来也并不带回什么欢喜或是什么新的忧郁，还是一样和大家打牌下棋。

翠姨后来支持不了啦，躺下了，她的婆婆听说她病，就要娶她，因为花了钱，死了不是可惜了吗？这一种消息，翠姨听了病就更加严重。婆家一听她病重，立刻要娶她。因为在迷信中有这样一章，病新娘娶过来一冲，就冲好了。翠姨听了就只盼望赶快死，拼命地糟蹋自己的身体，想死得越快一点儿越好。

母亲记起了翠姨，叫哥哥去看翠姨。是我的母亲派哥哥去的，母亲拿了一些钱让哥哥给翠姨去，说是母亲送她在病中随便买点什么吃的。母亲晓得他们年青人是很拘泥的，或者不好意思去看翠姨，也或者翠姨是很想看他的，他们好久不能看见了。同时翠姨不愿出嫁，母亲很久地就在心里边猜疑着他们了。

男子是不好去专访一位小姐的，这城里没有这样的风俗。母亲给了哥哥一件礼物，哥哥就可去了。

哥哥去的那天，她家里正没有人，只是她家的堂妹妹迎接着这从未见过的生疏的年青的客人。那堂妹妹还没问清客人的来由，就往外跑，说是去找她们的祖父去，请他等一等。大概她想凡是男客就是来会祖父的。

客人只说了自己的名字，那女孩子连听也没有听就跑出去了。

哥哥正想，翠姨在什么地方？或者在里屋吗？翠姨大概听出什么人来了，她就在里边说：

"请进来。"

哥哥进去了，坐在翠姨的枕边，他要去摸一摸翠姨的前额，是否发热，他说：

"好了点吗？"

他刚一伸出手去，翠姨就突然地拉住了他的手，而且大声地哭起来了，好像一颗心也哭出来了似的。哥哥没有准备，就很害怕，不知道说什么，做什么。他不知道现在应该是保护翠姨的地位，还是保护自己的地位。同时听得见外边已经有人来了，就要开门进来了，一定是翠姨的祖父。

翠姨平静地向他笑着，说：

"你来得很好，一定是姐姐告诉你来的，我心里永远纪念着她，她爱我一场，可惜我不能去看她了……我不能报答她了……不过我总会记起在她家里的日子的……她待我也许没有什么，但是我觉得已经太好了……我永远不会忘记的……我现在也不知道为什么，心里只想死得快一点就好，多活一天也是多余的……人家也许以为我是任性……其实是不对的，不知为什么，那家对我也会是很好的，但是我不愿意。我小时候，就不好，我的脾气总是不从心的事，我不愿意……这个脾气把我折磨到今天了……可是我怎能从心呢……真是笑话……谢谢姐姐她还惦着我……请你告诉她，我并不像她想的那么苦呢，我也很快乐……"翠姨苦笑了一笑，"我心里很安静，而且我求的我都得到了……"

哥哥茫然得不知道说什么。这时祖父进来了。看了翠姨的热度，又感谢了我的母亲，对我哥哥的降临，感到荣幸。他说请我母亲放心吧，翠姨的病马上就会好的，好了就嫁过去。

哥哥看了翠姨就退出去了，从此再没有看见她。

哥哥后来提起翠姨常常落泪，他不知翠姨为什么死，大家也都心中纳闷。

尾　声

等我到春假回来，母亲还当我说：

"要是翠姨一定不愿意出嫁，那也是可以的，假如他们当我说。"

……

翠姨坟头的草籽已经发芽了，一掀一掀地和土黏成了一片，坟头显出淡淡的青色，常常会有白色的山羊跑过。

　　这时城里的街巷，又装满了春天。

　　暖和的太阳，又转回来了。

　　街上有提着筐子卖蒲公英的了，也有卖小根蒜的了。更有些孩子们，他们按着时节去折了那刚发芽的柳条，正好可以拧成哨子，就含在嘴里满街地吹。声音有高有低，因为那哨子有粗有细。

　　大街小巷，到处地呜呜呜，呜呜呜。好像春天是从他们的手里招待回来了似的。

　　但是这为期甚短。一转眼，吹哨子的不见了。

　　接着杨花飞起来了，榆钱飘满了一地。

　　在我的家乡那里，春天是快的。五天不出屋，树发芽了，再过五天不看树，树长叶了，再过五天，这树就像绿得使人不认识它了。使人想，这棵树，就是前天的那棵树吗？自己回答自己，当然是的。春天就像跑的那么快。好像人能够看见似的，春天从老远的地方跑来了，跑到这个地方只向人的耳朵吹一句小小的声音"我来了呵"，而后很快地就跑过去了。

　　春，好像它不知道多么忙迫，好像无论什么地方都在招呼它，假若它晚到一刻，阳光会变色的，大地会干成石头，尤其是树木，那真是好像再多一刻工夫也不能忍耐，假若春天稍稍在什么地方留连了一下，就会误了不少的生命。

　　春天为什么它不早一点来，来到我们这城里多住一些日子，而后再慢慢地到另外的一个城里去，在另外一个城里也多住一些日子。

　　但那是不能的了，春天的命运就是这么短。

　　年青的姑娘们，她们三两成双，坐着马车，去选择衣料去了，因为就要换春装了。她们热心地弄着剪刀，打着衣样，想装成自己心中想得出的那么好，她们白天黑夜地忙着，不久春装换起来了，只是不见载着翠姨的马车来。

1941 年

骆宾基作《萧红小传》手稿

第三辑：中篇小说(节选)

莫向天涯去

除了我家的后园，还有街道。除了街道，还
有大河。除了大河，还有柳条林。除了柳条林，
还有更远的，什么也没有的地方，什么也看不见
的地方，什么声音也听不见的地方。

——《呼兰河传》

萧红故居花园

老马走进屠场

　　老马走上进城的大道，"私宰场"就在城门的东边。那里的屠刀正张着，在等待这个残老的动物。

　　老王婆不牵着她的马儿，在后面用一条短枝驱着它前进。

　　大树林子里有黄叶回旋着，那是些呼叫着的黄叶。望向林子的那端，全林的树棵，仿佛是关落下来的大伞。凄沉的阳光，晒着所有的秃树。田间望遍了远近的人家。深秋的田地好像没有感觉的光了毛的皮革，远近平铺着。夏季埋在植物里的家屋，现在明显地好像突出地面一般，好像新从地面突出。

　　深秋带来的黄叶，赶走了夏季的蝴蝶。一张叶子落到王婆的头上，叶子是安静地伏贴在那里。王婆驱着她的老马，头上顶着飘落的黄叶；老马，老人，配着一张老的叶子，他们走在进城的大道。

　　道口渐渐看见人影，渐渐看见那个人吸烟，二里半迎面来了。他长形的脸孔配起摆动的身子来，有点像一个驯顺的猿猴。他说："哎呀！起得太早啦！进城去有事吗？怎么驱着马进城，不装车粮拉着？"

振一振袖子，把耳边的头发向后抚弄一下，王婆的手颤抖着说了："到日子了呢！下汤锅去吧！"王婆什么心情也没有，她看着马在吃道旁的叶子，她用短枝驱着又前进了。

二里半感到非常悲痛。他痉挛着了。过了一个时刻转过身来，他赶上去说："下汤锅是下不得的……下汤锅是下不得……"但是怎样办呢？二里半连半句语言也没有了！他扭歪着身子跨到前面，用手摸一摸马儿的鬃发。老马立刻响着鼻子了！它的眼睛哭着一般，湿润而模糊。悲伤立刻掠过王婆的心孔。哑着嗓子，王婆说："算了吧！算了吧！不下汤锅，还不是等着饿死吗？"

深秋秃叶的树，为了惨厉的风变，脱去了灵魂一般呼啸着。马行在前面，王婆随在后面，一步一步屠场近着了；一步一步风声送着老马归去。

王婆她自己想着：一个人怎么变得这样厉害？年青的时候，不是常常为着送老马或是老牛进过屠场吗？她寒战起来，幻想着屠刀要像穿过自己的脊梁，于是，手中的短枝脱落了！她茫然晕昏地停在道旁，头发舞着好像个鬼魂样。等她重新拾起短枝来，老马不见了！它到前面小水沟的地方喝水去了！这是它最末一次饮水吧！老马需要饮水，它也需要休息，在水沟旁倒卧下来了！它慢慢呼吸着。王婆用低音、慈和的音调呼唤着："起来吧！走进城去吧，有什么法子呢？"

马仍然仰卧着。王婆看一看日午了，还要赶回去烧午饭，但，任她怎样拉缰绳，马仍是没有移动。

王婆恼怒着了！她用短枝打着它起来。虽是起来，老马仍然贪恋着小水沟。王婆因为苦痛的人生，使她易于暴怒，树枝在马儿的脊骨上断成半截。

又安然走在大道上了！经过一些荒凉的家屋，经过几座颓败的小庙。一个小庙前躺着个死了的小孩，那是用一捆谷草束扎着的。孩子小小的头顶露在外面，可怜的小脚从草梢直伸出来；他是谁家的孩子，睡在这旷野的小庙前？

屠场近着了，城门就在眼前，王婆的心更翻着不停了。

五年前它也是一匹年青的马，为了耕种，伤害得只有毛皮蒙遮着骨架。现在它是老了！秋末了！收割完了！没有用处了！只为一张马皮，主人忍心把它送进屠场。就是一张马皮的价值，地主又要从王婆的手里夺去。

王婆的心自己感觉得好像悬起来；好像要掉落一般，当她看见板墙钉着一张牛皮的时候。那一条小街尽是一些要摊落的房屋；女人啦，孩子啦，散集在两旁。地面踏起的灰粉，污没着鞋子，冲上人的鼻孔。孩子们拾起土块，或是垃圾团打击着马儿，王婆骂道：

"该死的呀！你们这该死的一群。"

这是一条短短的街。就在短街的尽头，张开两张黑色的门扇。再走近一点，可以发现门扇斑斑点点的血印，被血痕所恐吓的老太婆好像自己踏在刑场了！她努力镇压着自己，不让一些年青时所见到刑场上的回忆翻动。但，那回忆却连续地开始织张：——一个小伙子倒下来了，一个老头也倒下来了！挥刀的人又向第三个人做着势子。

仿佛是箭，又像火刺烧着王婆，她看不见那一群孩子在打马，她忘记怎样去骂那一群顽皮的孩子。走着，走着，立在院心了。四面板墙钉住无数张毛皮。靠近房檐立了两条高杆，高杆中央横着横梁；马蹄或是牛蹄折下来用麻绳把两只蹄端扎连在一起，做一个叉形挂在上面，一团一团地肠子也搅在上面；肠子因为日子久了，干成黑色不动而僵直的片状的绳索。并且那些折断的腿骨，有的从折断处涔滴着血。

在南面靠墙的地方也立着高杆，杆头晒着在蒸气的肠索。这是说，那个动物是被杀死不久哩！肠子还热着呀！

满院在蒸发腥气，在这腥味的人间，王婆快要变做一块铅了！沉重而没有感觉了！

老马——棕色的马，它孤独地站在板墙下，它借助那张钉好的毛皮在搔痒。此刻它仍是马，过一会它将也是一张皮了！

一个大眼睛的恶面孔跑出来，裂着胸襟。说话时，可见他胸膛在起伏：

"牵来了吗？啊！价钱好说，我好来看一下。"

王婆说："给几个钱我就走了！不要麻烦啦。"

那个人打一打马的尾巴，用脚踢一踢马蹄；这是怎样难忍的一刻呀！

王婆得到三张票子，这可以充纳一亩地租。看着钱比较自慰些，她低着头向大门出去，她想还余下一点钱到酒店去买一点酒带回去，她已经跨出大门，后面发着响声：

"不行，不行……马走啦！"

王婆回过头来，马又走在后面；马什么也不知道，仍想回家。屠场中出来一些男人，那些恶面孔们，想要把马抬回去，终于马躺在道旁了！像树根盘结在地中。无法，王婆又走回院中，马也跟回院中。她给马搔着头顶，它渐渐卧在地面了！渐渐想睡着了！忽然王婆站起来向大门奔走。在道口听见一阵关门声。

她哪有心肠买酒？她哭着回家，两只袖子完全湿透。那好像是送葬归来一般。

家中地主的使人早等在门前，地主们就连一块铜板也从不舍弃在贫农们的身上，那个使人取了钱走去。

王婆半日的痛苦没有代价了！王婆一生的痛苦也都是没有代价。

——节选自《生死场》

1934 年

我和祖父的幸福生活

一

██████████　呼兰河这小城里边住着我的祖父。

我生的时候，祖父已经六十多岁了，我长到四五岁，祖父就快七十了。

我家有一个大花园，这花园里蜂子、蝴蝶、蜻蜓、蚂蚱，样样都有。蝴蝶有白蝴蝶、黄蝴蝶。这种蝴蝶极小，不太好看。好看的是大红蝴蝶，满身带着金粉。

蜻蜓是金的，蚂蚱是绿的，蜂子则嗡嗡地飞着，满身绒毛，落到一朵花上，胖圆圆的就和一个小毛球似的不动了。

花园里边明晃晃的，红的红，绿的绿，新鲜漂亮。

据说这花园，从前是一个果园。祖母喜欢吃果子就种了果园。祖母又喜欢养羊，羊就把果树给啃了。果树于是都死了。到我有记忆的时候，园子里就只有一棵樱桃树，一棵李子树，因为樱桃和李子都不大结果子，所以觉得它们是并不存在的。小的时候，只觉得园子里边就有一棵大榆树。

这榆树在园子的西北角上，来了风，这榆树先啸，来了雨，大榆树先就冒烟了。太阳一出来，大榆树的叶子就发光了，它们闪烁得和沙滩上的蚌壳一样了。

祖父一天都在后园里边，我也跟着祖父在后园里边。祖父戴一个大草帽，我戴一个小草帽，祖父栽花，我就栽花；祖父拔草，我就拔草。当祖父下种种小白菜的时候，我就跟在后边，把那下了种的土窝，用脚一个一个地溜平，哪里会溜得准，东一脚地，西一脚地瞎闹。有的不单没把菜种用土盖上，反而把菜子踢飞了。

小白菜长得非常之快，没有几天就冒芽了。一转眼就可以拔下来吃了。

祖父铲地，我也铲地，因为我太小，拿不动那锄头杆，祖父就把锄头杆拔下来，让我单拿着那个锄头的"头"来铲。其实哪里是铲，也不过趴在地上，用锄头乱勾一阵就是了。也认不得哪个是苗，哪个是草。往往把韭菜当做野草一起地割掉，把狗尾草当做谷穗留着。

等祖父发现我铲的那块满留着狗尾草的一片，他就问我：

"这是什么？"

我说：

"谷子。"

祖父大笑起来，笑得够了，把草摘下来问我：

"你每天吃的就是这个吗？"

我说：

"是的。"

我看着祖父还在笑，我就说：

"你不信，我到屋里拿来你看。"

我跑到屋里拿了鸟笼上的一头谷穗，远远地就抛给祖父了。说：

"这不是一样的吗？"

祖父慢慢地把我叫过去，讲给我听，说谷子是有芒针的。狗尾草则没有，只是毛嘟嘟的真像狗尾巴。

祖父虽然教我，我看了也并不细看，也不过马马虎虎承认下来就是了。一抬头看见了一个黄瓜长大了，跑过去摘下来，我又去吃黄瓜去了。

黄瓜也许没有吃完，又看见了一个大蜻蜓从旁飞过，于是丢了黄瓜又去追蜻蜓去了。蜻蜓飞得多么快，哪里会追得上。好在一开初也没有存心一定追上，所以站起来，跟了蜻蜓跑了几步就又去做别的去了。

采一个倭瓜花心，捉一个大绿豆青蚂蚱，把蚂蚱腿用线绑上，绑了一会，也许把蚂蚱腿就绑掉，线头上只拴了一只腿，而不见蚂蚱了。

玩腻了，又跑到祖父那里去乱闹一阵，祖父浇菜，我也抢过来浇，奇怪的就是并不往菜上浇，而是拿着水瓢，拼尽了力气，把水往天空里一扬，大喊着：

"下雨了，下雨了。"

太阳在园子里是特大的，天空是特别高的，太阳的光芒四射，亮得使人睁不开眼睛，亮得蚯蚓不敢钻出地面来，蝙蝠不敢从什么黑暗的地方飞出来。是凡在太阳下的，都是健康的、漂亮的，拍一拍连大树都会发响的，叫一叫就是站在对面的土墙都会回答似的。

花开了，就像花睡醒了似的。鸟飞了，就像鸟上天了似的。虫子叫了，就像虫子在说话似的。一切都活了。都有无限的本领，要做什么，就做什么。要怎么样，就怎么样。都是自由的。倭瓜愿意爬上架就爬上架，愿意爬上房就爬上房。黄瓜愿意开一个谎花，就开一个谎花，愿意结一个黄瓜，就结一个黄瓜。若都不愿意，就是一个黄瓜也不结，一朵花也不开，也没有人问它似的。玉米愿意长多高就长多高，他若愿意长上天去，也没有人管。蝴蝶随意地飞，一会从墙头上飞来一对黄蝴蝶，一会又从墙头上飞走了一个白蝴蝶。它们是从谁家来的，又飞到谁家去？太阳也不知道这个。

只是天空蓝悠悠的，又高又远。

可是白云一来了的时候，那大团的白云，好像撒了花的白银似的，从祖父的头上经过，好像要压到了祖父的草帽那么低。

我玩累了，就在房子底下找个阴凉的地方睡着了。不用枕头，不用席子，就把草帽遮在脸上就睡了。

二

祖父的眼睛是笑盈盈的，祖父的笑，常常笑成和孩子似的。

祖父是个长得很高的人，身体很健康，手里喜欢拿着个手杖。嘴上则不住地抽着旱烟管，遇到了小孩子，每每喜欢开个玩笑，说：

"你看天空飞个家雀。"

趁那孩子往天空一看，就伸出手去把那孩子的帽给取下来了，有的时候放在长衫的下边，有的时候放在袖口里头。他说：

"家雀叼走了你的帽啦。"

孩子们都知道了祖父的这一手了，并不以为奇，就抱住他的大腿，向他要帽子，摸着他的袖管，撕着他的衣襟，一直到找出帽子来为止。

祖父常常这样做，也总是把帽放在同一的地方，总是放在袖口和衣襟下。那些搜索他的孩子没有一次不是在他衣襟下把帽子拿出来的，好像他和孩子们约定了似的："我就放在这块，你来找吧！"

这样的不知做过了多少次，就像老太太永久讲着："上山打老虎"这一个故事给孩子们听似的，哪怕是已经听过了五百遍，也还是在那里回回拍手，回回叫好。

每当祖父这样做一次的时候，祖父和孩子们都一齐地笑得不得了。好像这戏还像第一次演似的。

别人看了祖父这样做，也有笑的，可不是笑祖父的手法好，而是笑他天天使用一种方法抓掉了孩子的帽子，这未免可笑。

　　祖父不怎样会理财，一切家务都由祖母管理。祖父只是自由自在地一天闲着，我想，幸好我长大了，我三岁了，不然祖父该多寂寞。我会走了，我会跑了。我走不动的时候，祖父就抱着我，我走动了，祖父就拉着我。一天到晚，门里门外，寸步不离，而祖父多半是在后园里，于是我也在后园里。

　　我小的时候，没有什么同伴，我是我母亲的第一个孩子。

　　我记事很早，在我三岁的时候，我记得我的祖母用针刺过我的手指，所以我很不喜欢她。我家的窗子，都是四边糊纸，当中嵌着玻璃，祖母是有洁癖的，以她屋的窗纸最白净。别人抱着把我一放在祖母的炕边上，我不假思索地就要往炕里边跑，跑到窗子那里，就伸出手去，把那白白透着花窗棂的纸窗给捅了几个洞，若不加阻止，就必得挨着排给捅破，若有人招呼着我，我也得加速地抢着多捅几个才能停止。手指一触到窗上，那纸窗像小鼓似的，嘭嘭地就破了。破得越多，自己越得意。祖母若来追我的时候，我就越得意了，笑得拍着手，跳着脚的。

　　有一天祖母看我来了，她拿了一个大针就到窗子外边去等我去了。我刚一伸出手，手指就痛得厉害。我就叫起来了。那就是祖母用针刺了我。

　　从此，我就记住了，我不喜欢她。

　　虽然她也给我糖吃，她咳嗽时吃猪腰烧川贝母，也分给我猪腰，但是我吃了猪腰还是不喜欢她。

在她临死之前，病重的时候，我还曾吓了她一跳。有一次她自己一个人坐在炕上熬药，药壶是坐在炭火盆上，因为屋里特别的寂静，听得见那药壶咕嘟咕嘟地响。祖母住着两间房子，是里外屋，恰巧外屋也没有人，里屋也没人，就是她自己。我把门一开，祖母并没有看见我，于是我就用拳头在板隔壁上，咚咚地打了两拳。我听到祖母"哟"的一声，铁火剪子就掉地上了。

我再探头一望，祖母就骂起我来。她好像就要下地来追我似的。我就一边笑着，一边跑了。

我这样地吓唬祖母，也并不是向她报仇，那时我才五岁，是不晓得什么的。也许觉得这样好玩。

祖父一天到晚是闲着的，祖母什么工作也不分配给他。只有一件事，就是祖母的地棂（chèn）上的摆设，有一套锡器，却总是祖父擦的。这可不知道是祖母派给他的，还是他自动地愿意工作，每当祖父一擦的时候，我就不高兴，一方面是不能领着我到后园里去玩了，另一方面祖父因此常常挨骂，祖母骂他懒，骂他擦得不干净。祖母一骂祖父的时候，就常常不知为什么连我也骂上。

祖母一骂祖父，我就拉着祖父的手往外边走，一边说：

"我们后园里去吧。"

也许因此祖母也骂了我。

她骂祖父是"死脑瓜骨"，骂我是"小死脑瓜骨"。

我拉着祖父就到后园里去了，一到了后园里，立刻就另是一个世界了。决不是那房子里的狭窄的世界，而是宽广的，人和天地在一起，天地是多么大，多么远，用手摸不到天空。而土地上所长的又是那么繁华，一眼看上去，是看不完的，只觉得眼前鲜绿的一片。

　　一到后园里，我就没有对象地奔了出去，好像我是看准了什么而奔去了似的，好像有什么在那儿等着我似的。其实我是什么目的也没有。只觉得这园子里边无论什么东西都是活的，好像我的腿也非跳不可了。

　　若不是把全身的力量跳尽了，祖父怕我累了想招呼住我，那是不可能的，反而他越招呼，我越不听活。

　　等到自己实在跑不动了，才坐下来休息，那休息也是很快的，也不过随便在秧子上摘下一个黄瓜来，吃了也就好了。

　　休息好了又是跑。

　　樱桃树，明明是没有结樱桃，就偏跑到树上去找樱桃。李子树是半死的样子了，本不结李子的，就偏去找李子。一边在找还一边大声地喊，在问着祖父：

　　"爷爷，樱桃树为什么不结樱桃？"

　　祖父老远地回答着：

　　"因为没有开花，就不结樱桃。"

　　再问：

　　"为什么樱桃树不开花？"

　　祖父说：

　　"因为你嘴馋，它就不开花。"

　　我听了这话，明明是嘲笑我的话，于是就飞奔着跑到祖父那里，似乎是很生气的样子。等祖父把眼睛一抬，他用了完全没有恶意的眼睛一看我，我立刻就笑了。而且是笑了半天的工夫才能够止住，不知哪里来了那许多高兴。把后园一时都让我搅乱了，我笑的声音不知有多大，自己都感到震耳了。

　　后园中有一棵玫瑰，一到五月就开花的。一直开到六月。花朵和酱油碟那么大。开得很茂盛，满树都是，因为花香，招来了很多的蜂子，嗡嗡地在玫瑰树那儿闹着。

　　别的一切都玩厌了的时候，我就想起来去摘玫瑰花，摘了一大堆把草帽脱下来用帽兜子盛着。在摘那花的时候，有两种恐惧，一种是怕蜂子的勾刺人，另一种是怕玫瑰的刺刺手。好不容易摘了一大堆，摘完了可又不知道做什么了。忽然异想天开，这花若给祖父戴起来该多好看。

　　祖父蹲在地上拔草，我就给他戴花。祖父只知道我是在捉弄他的帽子，而不知道我到底是在干什么。我把他的草帽给他插了一圈的花，红通通的二三十朵。我一边插着一边笑，当我听到祖父说：

　　"今年春天雨水大，咱们这棵玫瑰开得这么香。二里路也怕闻得到的。"

　　就把我笑得哆嗦起来。我几乎没有支持的能力再插上去。等我插完了，祖父还是安然地不晓得。他还照样地拔着垅上的草。我跑得很远的站着，我不敢往祖父那边看，一看就想笑。所以我借机进屋去找一点吃的来，还没有等我回到园中，祖父也进屋来了。

　　那满头红通通的花朵，一进来祖母就看见了。她看见什么也没说，就大笑了起来。父亲母亲也笑了起来，而以我笑得最厉害，我在炕上打着滚笑。

祖父把帽子摘下来一看，原来那玫瑰的香并不是因为今年春天雨水大的缘故，而是那花就顶在他的头上。

他把帽子放下，他笑了十多分钟还停不住，过一会一想起来，又笑了。

祖父刚有点忘记了，我就在旁边提着说：

"爷爷……今年春天雨水大呀……"

一提起，祖父的笑就来了。于是我也在炕上打起滚来。

就这样一天一天的，祖父、后园、我，这三样是一样也不可缺少的了。

刮了风，下了雨，祖父不知怎样，在我却是非常寂寞的了。去没有去处，玩没有玩的，觉得这一天不知有多少日子那么长。

三

偏偏这后园每年都要封闭一次的，秋雨之后这花园就开始凋零了，黄的黄、败的败，好像很快似的一切花朵都灭了。好像有人把它们摧残了似的。它们一齐都没有从前那么健康了，好像它们都很疲倦了，而要休息了似的，好像要收拾收拾回家去了似的。

大榆树也是落着叶子，当我和祖父偶尔在树下坐坐，树叶竟落在我的脸上来了。树叶飞满了后园。

没有多少时候，大雪又落下来了，后园就被埋住了。

通到园去的后门，也用泥封起来了，封得很厚，整个的冬天挂着白霜。

我家住着五间房子，祖母和祖父共住两间，母亲和父亲共住两间。祖母住的是西屋，母亲住的是东屋。

是五间一排的正房，厨房在中间，一齐是玻璃窗子，青砖墙，瓦房顶。

祖母的屋子，一个是外间，一个是内间。外间里摆着大躺箱，地长桌，太师椅。椅子上铺着红椅垫，躺箱上摆着朱砂瓶，长桌上列着座钟。钟的两边站着帽筒。帽筒上并不挂着帽子，而插着几个孔雀翎。

我小的时候，就喜欢这个孔雀翎，我说它有金色的眼睛，总想用手摸一摸，祖母就一定不让摸，祖母是有洁癖的。

还有祖母的躺箱上摆着一个座钟，那座钟是非常稀奇的，画着一个穿着古装的大姑娘，好像活了似的，每当我到祖母屋去，若是屋子里没有人，她就总用眼睛瞪我，我几次地告诉过祖父，祖父说：

"那是画的，她不会瞪人。"

我一定说她是会瞪人的，因为我看得出来，她的眼珠像是会转。

还有祖母的大躺箱上也尽雕着小人，尽是穿古装衣裳的，宽衣大袖，还戴着顶子，戴着翎子。满箱子都刻着，大概有二三十个人，还有吃酒的、吃饭的，还有作揖的……

我总想要细看一看，可是祖母不让我沾边，我还离得很远的，她就说：

"可不许用手摸，你的手脏。"

祖母的内间里边，在墙上挂着一个很古怪很古怪的挂钟，挂钟的下边用铁链子垂着两穗铁苞米。铁苞米比真的苞米大了很多，看起来非常重，似乎可以打死一个人。再往那挂钟里边看就更稀奇古怪了，有一个小人，长着蓝眼珠，钟摆一秒钟就响一下，钟摆一响，那眼珠就同时一转。

那小人是黄头发，蓝眼珠，跟我相差太远，虽然祖父告诉我，说那是毛子人，但我不承认她，我看她不像什么人。

所以我每次看这挂钟，就半天半天地看，都看得有点发呆了。我想：这毛子人就总在钟里边待着吗？永久也不下来玩吗？

外国人在呼兰河的土语叫做"毛子人"。我四五岁的时候，还没有见过一个毛子人，以为毛子人就是因为她的头发毛烘烘地卷着的缘故。

祖母的屋子除了这些东西，还有很多别的，因为那时候，别的我都不发生什么趣味，所以只记住了这三五样。

母亲的屋里，就连这一类的古怪玩意儿也没有了，都是些普通的描金柜，也是些帽筒，花瓶之类，没有什么好看的，我没有记住。

这五间房子的组织，除了四间住房一间厨房之外，还有极小的，极黑的两个小后房。祖母一个，母亲一个。

那里边装着各种各样的东西，因为是储藏室的缘故。

坛子罐子，箱子柜子，筐子篓子。除了自己家的东西，还有别人寄存的。

那里边是黑的，要端着灯进去才能看见。那里边的耗子很多，蜘蛛网也很多。空气不大好，永久有一种扑鼻的和药的气味似的。

我觉得这储藏室很好玩，随便打开哪一只箱子，里边一定有一些好看的东西，花丝线、各种色的绸条，香荷包，搭腰，裤腿，马蹄袖，绣花的领子。古香古色，颜色都配得特别的好看。箱子里边也常常有蓝翠的耳环或戒指，被我看见了，我一看见就非要一个玩不可，母亲就常常随手抛给我一个。

还有些桌子带着抽屉的，一打开那里边更有些好玩的东西，铜环、木刀、竹尺、观音粉。这些个都是我在别的地方没有看过的。而且这抽屉始终也不锁的。所以我常常随意地开，开了就把样样，似乎是不加选择地都搜了出去，左手拿着木头刀，右手拿着观音粉，这里砍一下，那里画一下。后来我又得到了一个小锯，用这小锯，我开始毁坏起东西来，在椅子腿上锯一锯，在炕沿上锯一锯。我自己竟把我自己的小木刀也锯坏了。

无论吃饭和睡觉，我这些东西都带在身边，吃饭的时候，我就用这小锯，锯着馒头。睡觉做起梦来还喊着：

"我的小锯哪里去了？"

储藏室好像变成我探险的地方了。我常常趁着母亲不在屋我就打开门进去了。这储藏室也有一个后窗，下半天也有一点亮光，我就趁着这亮光打开了抽屉，这抽屉已经被我翻得差不多的了，没有什么新鲜的了。翻了一会，觉得没有什么趣味了，就出来了。到后来连一块水胶，一段绳头都让我拿出来了，把五个抽屉通通拿空了。

除了抽屉还有筐子笼子，但那个我不敢动，似乎每一样都是黑洞洞的，灰尘不知有多厚，蛛网蛛丝的不知有多少，因此我连想也不想动那东西。

记得有一次我走到这黑屋子的极深极远的地方去，一个发响的东西撞住我的脚上，我摸起来抱到光亮的地方一看，原来是一个小灯笼，用手指把灰尘一划，露出来是个红玻璃的。

我在一两岁的时候，大概我是见过灯笼的，可是长到四五岁，反而不认识了。我不知道这是个什么。我抱着去问祖父去了。

祖父给我擦干净了，里边点上个洋蜡烛，于是我欢喜得就打着灯笼满屋跑，跑了好几天，一直到把这灯笼打碎了才算完了。

我在黑屋子里边又碰到了一块木头，这块木头是上边刻着花的，用手一摸，很不光滑，我拿出来用小锯锯着。祖父看见了，说：

"这是印帖子的帖板。"

我不知道什么叫帖子，祖父刷上一片墨刷一张给我看，我只看见印出来几个小人。还有一些乱七八糟的花，还有字。祖父说：

"咱们家开烧锅的时候，发帖子就是用这个印的，这是一百吊的……还有五十吊的十吊的……"

祖父给我印了许多，还用鬼子红给我印了些红的。

还有戴缨子的清朝的帽子，我也拿了出来戴上。多少年前的老大的鹅翎扇子，我也拿了出来吹着风。翻了一瓶莎仁出来，那是治胃病的药，母亲吃着，我也跟着吃。

　　不久，这些八百年前的东西，都被我弄出来了。有些是祖母保存着的，有些是已经出了嫁的姑母的遗物，已经在那黑洞洞的地方放了多少年了，连动也没有动过，有些个快要腐烂了，有些个生了虫子，因为那些东西早被人们忘记了，好像世界上已经没有那么一回事了。而今天忽然又来到了它们的眼前，它们受了惊似的又恢复了它们的记忆。

　　每当我拿出一件新的东西的时候，祖母看见了，祖母说：

　　"这是多少年前的了！这是你大姑在家里边玩的……"

　　祖父看见了，祖父说：

　　"这是你二姑在家时用的……"

　　这是你大姑的扇子，那是你三姑的花鞋……都有了来历。但我不知道谁是我的三姑，谁是我的大姑。也许我一两岁的时候，我见过她们，可是我到四五岁时，我就不记得了。

　　我祖母有三个女儿，到我长起来时，她们都早已出嫁了。可见二三十年内就没有小孩子了。而今也只有我一个。实在的还有一个小弟弟，不过那时他才一岁半岁的，所以不算他。

　　家里边多少年前放的东西，没有动过，他们过的是既不向前，也不回头的生活，是凡过去的，都算是忘记了，未来的他们也不怎样积极地希望着，只是一天一天地平板地、无怨无尤地在他们祖先给他们准备好的口粮之中生活着。

　　等我生来了，第一给了祖父的无限的欢喜，等我长大了，祖父非常地爱我。使我觉得在这世界上，有了祖父就够了，还怕什么呢？虽然父亲的冷淡，母亲的恶言恶色，和祖母的用针刺我手指的这些事，都觉得算不了什么。何况又有后园！后园虽然让冰雪给封闭了，但是又发现了这储藏室。这里边是无穷无尽地什么都有，这里边宝藏着的都是我所想象不到的东西，使我感到这世界上的东西怎么这样多！而且样样好玩，样样新奇。

比方我得到了一包颜料，是中国的大绿，看那颜料闪着金光，可是往指甲上一染，指甲就变绿了，往胳臂上一染，胳臂立刻飞来了一张树叶似的。实在是好看，也实在是莫名其妙，所以心里边就暗暗地欢喜，莫非是我得了宝贝吗？

得了一块观音粉。这观音粉往门上一画，门就白了一道，往窗上一画，窗就白了一道。这可真有点奇怪，大概祖父写字的墨是黑墨，而这是白墨吧。

得了一块圆玻璃，祖父说是"显微镜"。他在太阳底下一照，竟把祖父装好的一袋烟照着了。

这该多么使人欢喜，什么什么都会变的。你看它是一块废铁，说不定它就有用，比方我捡到一块四方的铁块，上边有一个小窝。祖父把榛子放在小窝里边，打着榛子给我吃。在这小窝里打，不知道比用牙咬要快了多少倍。何况祖父老了，他的牙又多半不大好。

我天天从那黑屋子往外搬着，而天天有新的。搬出来一批，玩厌了，弄坏了，就再去搬。

因此使我的祖父、祖母常常地慨叹。

他们说这是多少年前的了，连我的第三个姑母还没有生的时候就有这东西。那是多少年前的了，还是分家的时候，从我曾祖那里得来的呢。又哪样哪样是什么人送的，而那家人家到今天也都家败人亡了，而这东西还存在着。

又是我在玩着的那葡蔓藤的手镯，祖母说她就戴着这个手镯，有一年夏天坐着小车子，抱着我大姑回娘家，路上遇了土匪，把金耳环给摘去了，而没有要这手镯。若也是金的银的，那该多危险，也一定要被抢去的。

我听了问她：

"我大姑在哪儿？"

祖父笑了，祖母说：

"你大姑的孩子比你都大了。"

原来是四十年前的事情，我哪里知道。可是藤手镯却戴在我的手上，我举起手来，摇了一阵，那手镯好像风车似的，滴溜溜地转，手镯太大了，我的手太细了。

祖母看见我把从前的东西都搬出来了，她常常骂我：

"你这孩子，没有东西不拿着玩的，这小不成器的……"

她嘴里虽然是这样说，但她又在光天化日之下得以重看到这东西，也似乎给了她一些回忆的满足。所以她说我是并不十分严刻的，我当然是不听她，该拿还是照旧地拿。

于是我家里久不见天日的东西，经我这一搬弄，才得以见了天日。于是坏的坏，扔的扔，也就都从此消灭了。

我有记忆的第一个冬天，就这样过去了。没有感到十分的寂寞，但总不如在后园里那样玩着好。但孩子是容易忘记的，也就随遇而安了。

四

第二年夏天，后园里种了不少的韭菜，是因为祖母喜欢吃韭菜馅的饺子而种的。

可是当韭菜长起来时，祖母就病重了，而不能吃这韭菜了，家里别的人也没有吃这韭菜的，韭菜就在园子里荒着。

因为祖母病重，家里非常热闹，来了我的大姑母，又来了我的二姑母。

二姑母是坐着她自家的小车子来的。那拉车的骡子挂着铃铛，哗哗嘟嘟地就停在窗前了。

从那车上第一个就跳下来一个小孩，那小孩比我高了一点，是二姑母的儿子。

他的小名叫"小兰"，祖父让我向他叫兰哥。

别的我都不记得了，只记得不大一会工夫我就把他领到后园里去了。

告诉他这个是玫瑰树，这个是狗尾草，这个是樱桃树。樱桃树是不结樱桃的，我也告诉了他。

不知道在这之前他见过我没有，我可并没有见过他。

我带他到东南角上去看那棵李子树时，还没有走到眼前，他就说：

"这树前年就死了。"

他说了这样的话，是使我很吃惊的。这树死了，他可怎么知道的？心中立刻来了一种忌妒的情感，觉得这花园是属于我的，和属于祖父的，其余的人连晓得也不该晓得才对的。

我问他：

"那么你来过我们家吗？"

他说他来过。

这个我更生气了，怎么他来我不晓得呢？

我又问他：

"你什么时候来过的？"

他说前年来的，他还带给我一个毛猴子。他问着我：

"你忘了吗？你抱着那毛猴子就跑，跌倒了你还哭了哩！"

我无论怎样想，也想不起来了。不过总算他送给我过一个毛猴子，可见对我是很好的，于是我就不生他的气了。

从此天天就在一块玩。

他比我大三岁，已经八岁了，他说他在学堂里边念了书的，他还带来了几本书，晚上在煤油灯下他还把书拿出来给我看。书上有小人，有剪刀，有房子。因为都是带着图，我一看就连那字似乎也认识了，我说：

"这念剪刀，这念房子。"

他说不对：

"这念剪，这念房。"

我拿过来一细看，果然都是一个字，而不是两个字，我是照着图念的，所以错了。

我也有一盒方字块，这边是图，那边是字，我也拿出来给他看了。

从此整天地玩。祖母病重与否，我不知道。不过在她临死的前几天就穿上了满身的新衣裳，好像要出门做客似的。说是怕死了来不及穿衣裳。

因为祖母病重，家里热闹得很，来了很多亲戚。忙忙碌碌不知忙些个什么。有的拿了些白布撕着，撕得一条一块的，撕得非常的响亮，旁边就有人拿着针在缝那白布。还有的把一个小罐，里边装了米，罐口蒙上了红布。还有的在后园门口拢起火来，在铁火勺里边炸着面饼了。问她：

"这是什么？"

"这是打狗饽饽。"

她说阴间有十八关，过到狗关的时候，狗就上来咬人，用这饽饽一打，狗吃了饽饽就不咬人了。

似乎是姑妄言之，姑妄听之，我没有听进去。

家里边的人越繁华，我就越寂寞，走到屋里，问问这个，问问那个，一切都不理解。祖父也似乎把我忘记了。我从后园里捉了一个特别大的蚂蚱送给他去看，他连看也没有看，就说：

"真好，真好，上后园去玩去吧！"

新来的兰哥也不陪我时，我就在后园里一个人玩。

五

祖母已经死了，人们都到龙王庙上去报过庙回来了。而我还在后园里边玩着。

后园里边下了点雨，我想要进屋去拿草帽去，走到酱缸旁边（我家的酱缸是放在后园里的），一看，有雨点拍拍地落到缸帽子上。我想这缸帽子该多大，遮起雨来，比草帽一定更好。

于是我就从缸上把它翻下来了，到了地上它还乱滚一阵，这时候，雨就大了。我好不容易才设法钻进这缸帽子去。因为这缸帽子太大了，差不多和我一般高。

我顶着它，走了几步，觉得天昏地暗。而且重也是很重的，非常吃力。而且自己已经走到哪里了，自己也不晓，只晓得头顶上拍拍拉拉地打着雨点，往脚下看着，脚下只是些狗尾草和韭菜。找了一个韭菜很厚的地方，我就坐下了，一坐下这缸帽子就和个小房似的扣着我。这比站着好得多，头顶不必顶着，缸帽子就扣在韭菜地上。但是里边可是黑极了，什么也看不见。

同时听什么声音，也觉得都远了。大树在风雨里边被吹得呜呜的，好像大树已经被搬到别人家的院子去了似的。

韭菜是种在北墙根上，我是坐在韭菜上。北墙根离家里的房子很远的，家里边那闹嚷嚷的声音，也像是来在远方。

我细听了一会，听不出什么来，还是在我自己的小屋里边坐着。这小屋多么好，不怕风，不怕雨。站起来走的时候，顶着屋盖就走了，有多么轻快。

其实是很重的了，顶起来非常吃力。

我顶着缸帽子，一路摸索着，来到了后门口，我是要顶给爷爷看看的。

我家的后门坎特别高，迈也迈不过去，因为缸帽子太大，使我抬不起腿来。好不容易两手把腿拉着，弄了半天，总算是过去了。虽然进了屋，仍是不知道祖父在什么方向，于是我就大喊，正在这喊之间，父亲一脚把我踢翻了，差点没把我踢到灶口的火堆上去。缸帽子也在地上滚着。

等人家把我抱了起来，我一看，屋子里的人，完全不对了，都穿了白衣裳。

再一看，祖母不是睡在炕上，而是睡在一张长板上。

从这以后祖母就死了。

六

祖母一死，家里继续着来了许多亲戚，有的拿着香、纸，到灵前哭了一阵就回去了。有的就带着大包小包的来了就住下了。

大门前边吹着喇叭，院子里搭了灵棚，哭声终日，一闹闹了不知多少日子。

请了和尚道士来，一闹闹到半夜，所来的都是吃、喝、说、笑。

我也觉得好玩，所以就特别高兴起来。又加上从前我没有小同伴，而现在有了。比我大的，比我小的，共有四五个。我们上树爬墙，几乎连房顶也要上去了。

他们带我到小门洞子顶上去捉鸽子，搬了梯子到房檐头上去捉家雀。后花园虽然大，已经装不下我了。

我跟着他们到井口边去往井里边看，那井是多么深，我从未见过。在上边喊一声，里边有人回答。用一个小石子投下去，那响声是很深远的。

他们带我到粮食房子去，到碾磨房去，有时候竟把我带到街上，是已经离开家了，不跟着家人在一起，我是从来没有走过这样远。

不料除了后园之外，还有更大的地方，我站在街上，不是看什么热闹，不是看那街上的行人车马，而是心里边想：是不是我将来一个人也可以走得很远？

有一天，他们把我带到南河沿上去了，南河沿离我家本不算远，也不过半里多地。可是因为我是第一次去，觉得实在很远，走出汗来了。走过一个黄土坑，又过一个南大营，南大营的门口，有兵把守门。那营房的院子大得在我看来太大了，实在是不应该。我们的院子就够大的了，怎么能比我们家的院子更大呢，大得有点不大好看了，我走过了，我还回过头来看。

路上有一家人家，把花盆摆到墙头上来了，我觉得这也不大好，若是看不见人家偷去呢！

还看见了一座小洋房，比我们家的房不知好了多少倍。若问我，哪里好？我也说不出来，就觉得那房子是一色新，不像我家的房子那么陈旧。

我仅仅走了半里多路，我所看见的可太多了。所以觉得这南河沿实在远。问他们：

"到了没有？"

他们说：

"就到的，就到的。"

果然，转过了大营房的墙角，就看见河水了。

我第一次看见河水，我不能晓得这河水是从什么地方来的？走了几年了？

那河太大了，等我走到河边上，抓了一把沙子抛下去，那河水简直没有因此而脏了一点点。河上有船，但是不很多，有的往东去了，有的往西去了。也有的划到河的对岸去的，河的对岸似乎没有人家，而是一片柳条林。再往远看，就不能知道那是什么地方了，因为也没有人家，也没有房子，也看不见道路，也听不见一点音响。

我想将来是不是我也可以到那没有人的地方去看一看。

除了我家的后园，还有街道。除了街道，还有大河。除了大河，还有柳条林。除了柳条林，还有更远的，什么也没有的地方，什么也看不见的地方，什么声音也听不见的地方。

究竟除了这些，还有什么，我越想越不知道了。

就不用说这些我未曾见过的。就说一个花盆吧，就说一座院子吧。院子和花盆，我家里都有。但说那营房的院子就比我家的大，我家的花盆是摆在后园里的，人家的花盆就摆到墙头上来了。

可见我不知道的一定还有。

所以祖母死了，我竟聪明了。

七

祖母死了，我就跟祖父学诗。因为祖父的屋子空着，我就闹着一定要睡在祖父那屋。

早晨念诗，晚上念诗，半夜醒了也是念诗。念了一阵，念困了再睡去。

祖父教我的是《千家诗》，并没有课本，全凭口头传诵，祖父念一句，我就念一句。

祖父说：

"少小离家老大回……"

我也说：

"少小离家老大回……"

都是些什么字，什么意思，我不知道，只觉得念起来那声音很好听。所以很高兴地跟着喊。我喊的声音，比祖父的声音更大。

我一念起诗来，我家的五间房都可以听见，祖父怕我喊坏了喉咙，常常警告着我说：

"房盖被你抬走了。"

听了这笑话，我略微笑了一会工夫，过不了多久，就又喊起来了。

夜里也是照样地喊，母亲吓唬我，说再喊她要打我。

祖父也说：

"没有你这样念诗的，你这不叫念诗，你这叫乱叫。"

但我觉得这乱叫的习惯不能改，若不让我叫，我念它干什么。每当祖父教我一个新诗，一开头我若听了不好听，我就说："不学这个。"

祖父于是就换一个，换一个不好，我还是不要。

"春眠不觉晓，处处闻啼鸟。夜来风雨声，花落知多少。"

这一首诗，我很喜欢，我一念到第二句，"处处闻啼鸟"那"处处"两字，我就高兴起来了。觉得这首诗，实在是好，真好听，"处处"该多好听。

还有一首我更喜欢的：

"重重叠叠上楼台，几度呼童扫不开。刚被太阳收拾去，又为明月送将来。"

就这"几度呼童扫不开"，我根本不知道什么意思，就念成"西沥忽通扫不开"。

越念越觉得好听，越念越有趣味。

还当客人来了，祖父总是呼我念诗的，我就总喜念这一首。

那客人不知听懂了与否，只是点头说好。

八

就这样瞎念，到底不是久计。念了几十首之后，祖父开讲了。

"少小离家老大回，乡音无改鬓毛衰。"

祖父说：

"这是说小的时候离开了家到外边去，老了回来了。乡音无改鬓毛衰，这是说家乡的口音还没有改变，胡子可白了。"

我问祖父：

"为什么小的时候离家？离家到哪里去？"

祖父说：

"好比爷像你那么大离家，现在老了回来了，谁还认识呢？儿童相见不相识，笑问客从何处来。小孩子见了就招呼着说：你这个白胡老头，是从哪里来的？"

我一听觉得不大好，赶快就问祖父：

"我也要离家的吗？等我胡子白了回来，爷爷你也不认识我了吗？"

心里很恐惧。

祖父一听就笑了：

"等你老了还有爷爷吗？"

祖父说完了，看我还是不很高兴，他又赶快说：

"你不离家的，你哪里能够离家……快再念一首诗吧！念'春眠不觉晓'……"

我一念起"春眠不觉晓"来，又是满口的大叫，得意极了。完全高兴，什么都忘了。

但从此再读新诗，一定要先讲的，没有讲过的也要重讲。似乎那大嚷大叫的习惯稍稍好了一点。

"两个黄鹂鸣翠柳，一行白鹭上青天。"

这首诗本来我也很喜欢的，黄梨是很好吃的。经祖父这一讲，说是两个鸟。于是不喜欢了。

"去年今日此门中，人面桃花相映红。人面不知何处去，桃花依旧笑春风。"

这首诗祖父讲了我也不明白，但是我喜欢这首。因为其中有桃花。桃树一开了花不就结桃吗？桃子不是好吃吗？

所以每念完这首诗，我就接着问祖父：

"今年咱们的樱桃树开花不开花？"

九

除了念诗之外，还很喜欢吃。

记得大门洞子东边那家是养猪的，一个大猪在前边走，一群小猪跟在后边。有一天一个小猪掉井了，人们用抬土的筐子把小猪从井吊了上来。吊上来，那小猪早已死了。井口旁边围了很多人看热闹，祖父和我也在旁边看热闹。

那小猪一被打上来，祖父就说他要那小猪。

祖父把那小猪抱到家里，用黄泥裹起来，放在灶坑里烧上了，烧好了给我吃。

我站在炕沿旁边，那整个的小猪，就摆在我的眼前，祖父把那小猪一撕开，立刻就冒了油，真香，我从来没有吃过那么香的东西，从来没有吃过那么好吃的东西。

第二次，又有一只鸭子掉井了，祖父也用黄泥包起来，烧上给我吃了。

在祖父烧的时候，我也帮着忙，帮着祖父搅黄泥，一边喊着，一边叫着，好像啦啦队似的给祖父助兴。

鸭子比小猪更好吃，那肉是不怎样肥的。所以我最喜欢吃鸭子。

我吃，祖父在旁边看着。祖父不吃。等我吃完了，祖父才吃。他说我的牙齿小，怕我咬不动，先让我选嫩的吃，我吃剩了的他才吃。

祖父看我每咽下去一口，他就点一下头。而且高兴地说：

"这小东西真馋。"或是"这小东西吃得真快。"

我的手满是油，随吃随在大襟上擦着，祖父看了也并不生气，只是说：

"快沾点盐吧，快沾点韭菜花吧，空口吃不好，等会要反胃的……"

说着就捏几个盐粒放在我手上拿着的鸭子肉上。我一张嘴又进肚去了。

祖父越称赞我能吃，我越吃得多。祖父看看不好了，怕我吃多了。让我停下，我才停下来。我明明白白地是吃不下去了，可是我嘴里还说着：

"一个鸭子还不够呢！"

自此吃鸭子的印象非常之深，等了好久，鸭子再不掉到井里，我看井沿有一群鸭子，我拿秫秆就往井里边赶，可是鸭子不进去，围着井口转，而嘎嘎地叫着。我就招呼了在旁边看热闹的小孩子，我说：

"帮我赶哪！"

正在吵吵叫叫的时候，祖父奔到了，祖父说：

"你在干什么？"

我说：

"赶鸭子，鸭子掉井，捞出来好烧吃。"

祖父说：

"不用赶了，爷爷抓个鸭子给你烧着。"

我不听他的话，我还是追在鸭子的后边跑着。

祖父上前来把我拦住了，抱在怀里，一面给我擦着汗一面说：

"跟爷爷回家，抓个鸭子烧上。"

我想：不掉井的鸭子，抓都抓不住，可怎么能规规矩矩贴起黄泥来让烧呢？于是我从祖父的身上往下挣扎着，喊着：

"我要掉井的！我要掉井的！"

祖父几乎抱不住我了。

——节选自《呼兰河传》

1940 年

在 汉 口

马伯乐到了汉口，没有住在汉口，只在旅馆里边住了两天，就带着太太和孩子搬到武昌来住了。因为那边有他父亲的一个朋友，原先在青岛住的时候，也是信教的，可不知现在信不信了，只见那客厅里边摆着一尊铜佛。

马伯乐一到了汉口，当天就跑到了王家的宅上去拜会了一趟。

那王老先生说：

"你们搬到武昌来住吧！武昌多清静。俺在武昌住了将近十年……离开了青岛，到了汉口就住武昌了。一住住到今天，俺……"

那山东的口音，十年居然未改。马伯乐听了觉得很是亲热。

不一会工夫，又上来了两盘点心。马伯乐一盘，王老先生一盘。那是家做的春卷，里边卷的冬笋、粉条、绿豆芽，其味鲜而爽口。马伯乐一看那点心，就觉得人生是幸福的。

本来他是很客气的，不好意思开口就吃，但这哪能不吃呢？那是黄洋洋的用鸡蛋皮卷着的，真干净得可爱呢，真黄得诱眼呢！

马伯乐开初只在那蛋卷的一头，用刀子割了一小点，送到嘴里去，似乎是在尝尝。他自己心里想，可别吃得太多，吃得太多让人家笑话。

当他跟王老先生谈着的时候，他不自觉地就又割了一小点送到了嘴里。

谈话谈到后来是接二连三地谈着。王老先生问他父亲那保险公司里还有点股子吗？

马伯乐说：

"没有了，抽出来了。"

马伯乐一张嘴就把一块切得很大的蛋卷送到嘴里去了。

还没有来得及咽下，王老先生就又问他：

"听说你父亲又捐了一块地皮，建了一座福音堂？"

马伯乐说：

"还没有，还没有。"

他一张嘴就又把一块切得很大的蛋卷塞到嘴里去了。

这回这嘴可嫌太小了点，蛋卷在那里边翻不过身来，挤挤擦擦的，好像那逃难的火车或是那载着逃难的人的小船似的。马伯乐的嘴里边塞得没有立足之地了。

马伯乐想，这回可糟糕，这回可糟糕！因为那东西一时咽不下去，人又不是鱼或是蛇，吃东西可以整吞的。可是马伯乐的舌头，不容它翻过身来。

这一下子马伯乐可上了一个当，虽然那东西好歹总算咽下去了，但是把马伯乐的眼圈都急红了。

过半点钟的样子，马伯乐没有再吃。

谈来谈去，总是谈得很连贯的，马伯乐偶尔把眼睛扫了那蛋卷一下，就又想要动手，就又想要张口。恰好那女工又送上来一盘热的，是刚从锅底上煎出来的。

马伯乐一看，心里就想：

"这回可不能吃了，可不是闹着玩的。"

当那蛋卷端到他面前的时候，他回避说：

"够了，够了。"

可是女工仍旧把那碟子放在他的旁边。

马伯乐想：

"可别吃，可别吃。"

连眼睛往那边也不敢望，只是王老先生问他一句，他就回答一句。不过一个人的眼光若没有地方放，却总是危险的。于是马伯乐就把眼光放在王老先生说话时那一动一跳的胡子上。

王老先生那胡子不很黑，是个黄胡子，是个一字胡，很直很厚，一跳一跳的，看了好半天，怪有趣儿的。一个人的身上，若专选那一部分去细看，好比专门看眼睛或者专门去看一个人的耳朵，那都会越看越奇怪的；或者是那耳垂特别大，好像观音菩萨似的；或者是那耳垂特别尖，好像烙铁嘴似的，会觉得很有趣儿的。

马伯乐正看得王老先生那黄胡子看得有趣的时候，那王老先生一张嘴把个蛋卷从胡子下边放进嘴里去了。

马伯乐受了一惊：

"怎么的，吃起来了！"

马伯乐也立刻被传染了，同时也就吃了起来。

一个跟着一个的，这回并没有塞住，而是随吃随咽的。因为王老先生也在吃着，没得空问他什么，自然他也就用不着回答，所以让他安安详详地把一盘蛋卷吃光了。

这一盘蛋卷吃得马伯乐的嘴唇以外还闪着个油圈。

吃完了，王老先生问他：

"搬到武昌来不呢？"

马伯乐说：

"搬的，搬的。"

好像说：

"有这么好吃的蛋卷，哪有不搬的道理。"

回到旅馆里，太太问他：

"武昌那房子怎么样？"

他说：

"武昌那蛋卷才好吃呢！"

太太在搬家的一路上就生着气，把嘴噘着。当上了轮渡过江的时候，江风来了，把她的头发吹蓬得像个小蘑菇似的，她也不用手来压一压，气得和一个气球似的，小脸鼓溜溜的，所以在那过江的轮渡上，她一句话不讲。

小雅格喊着：

"妈妈，看哪！那白鸽子落到水上啦，落到水上啦。"

小雅格喊完了之后，看看妈妈冷冷落落地站着，于是雅格就牵着妈妈的衣襟，又说：

"妈妈，这是不是咱家那白鸽子飞到这儿来啦？"

大卫在一边听了就笑了，说：

"这是水鸟啊，这不是白鸽子。"

约瑟说：

"那还用你说，我也认识这是水鸟。"

大卫说：

"你怎么认识的？"

约瑟说：

"你怎么认识的？"

大卫说：

"我在书上看图认识的。"

约瑟说：

"我也从书上看图认识的。"

大卫瞧不起约瑟的学问。约瑟瞧不起大卫的武力。

大卫正要盘问约瑟：

"你在哪本书上看过？"

还没来得及开口，约瑟就把小拳头握紧了，胸脯向前挺着，叫着号：

"儿子，你过来。"

马伯乐看着这俩孩子就要打起来了，走过去就把他们两个给分开了。同时跟太太说：

"也不看着点，也不怕人家笑话。"

太太一声不响，把眼睛向着江水望着。马伯乐还不知道是怎么一回子事，还在一边谈着风雅：

"武汉有龟、蛇两山，隔江相望，长江汉水汇合于此，旁有大冶铁矿、汉阳兵工厂，此吾国之大兵工厂也……"

太太还没有等他把这一段书背完，就说：

"我不知道。"

马伯乐还不知太太是在赌气，他说：

"地理课本上不是有吗？"

太太说：

"没有。"

马伯乐说：

"你忘记啦，你让孩子给闹昏啦。那不是一年级的本国地理上就有？"

马伯乐和太太嚷完了，一回头，看见大卫和约瑟也在那里盘道呢！

大卫问约瑟说：

"你说这江是什么江。"

约瑟说：

"黄河。"

大卫说：

"不对了，这是扬子江。地理上讲的，你还没有念过呢。"

约瑟吃了亏了，正待动手要打，忽然想起一首抗战歌来：

"……黄河……长江……"

原来约瑟把黄河和长江弄混了，并非不知道，而是没弄清楚。现在想起来了。

约瑟说：

"长江……"

大卫说：

"不对，这是扬子江。"

小雅格在旁边站着，小眼睛溜圆的，因为她刚刚把水鸟认错了，到现在她还不好意思，她自言自语地：

"什么水鸟！鸽子鸟。"

这时江上的水鸟，展着翅子从水面上飞去了。飞到远处绕了一个弯子，有的飞得不见了，有的仍旧落在水上，看那样子，像是在坐着似的，好像那江上坐着个水鸟似的。那水鸟胖胖的，真好像是白鸽子。

这过江的小轮船，向前冲着，向前挣扎着，突突地响着。看样子是很勇敢的，好像是在战斗似的。其实它也不过摆出那么一副架儿来，吓唬吓唬江上的水鸟。

遇到了水鸟，它就冲过去，把水鸟冲散了。遇到了波浪，它就打了横，老老实实地，服服帖帖地装起孙子来。

这渡江的小轮，和那马伯乐从南京来到汉口的那只小船是差不多的，几乎就是一样的了，船身吱吱咯咯地响着。

所差的就是不知道这船是否像载来马伯乐的那船似的已经保了险。若没有保险，那可真要上当的，船翻了淹死几个人倒不要紧，可惜了这一只小船了。

但从声音笑貌上看来，这小船和载来马伯乐的那只小船完全是一母所生。没有第二句话，非兄弟，即姊妹，因为它们的模样儿是一模一样的，那声音是突突的，那姿态歪歪着，也是完全相同。

这船上的人们，都好像马匹一样，是立着的，是茫然不知去向的，心中并没有期待，好像他们自己也不知道目的地。甚或他们自己也真变成一匹马了，随他的便吧，船到哪里去就跟着到哪里去吧。

因为是短途，不一会工夫也就到了。从汉口到武昌，也就是半点钟的样子。

黄鹤楼就在眼前了。

马伯乐觉得一切都妥当了，房子也有得住了，逃难也逃完了，也逃到地方了，太太也带来了。

太太一带来，经济就不成问题。马伯乐觉得一切都"OK"，一高兴，就吟了一首黄鹤楼的诗，"诗曰，"刚一开头，马伯乐想不起来了，只记住了后两句：

"黄鹤一去不复返，此地空余黄鹤楼。"

太太站在这里一声不响，她的心境，非常凝练，她不为一切所惑，静静地站着，什么水鸟、黄鹤楼之类，她连看也未看在眼里。她心里想着武昌那房子到底是个怎么样的，越想越想不出来。想来想去，连个影子也想象不出来，是一点什么也不知道的，窗子向哪面开着，门向哪面开着，到底因为她没有看过，连个影子也想不出来。

"到底是几间房子，是一间，还是两间？"

她刚要说出口，心里一生气就又不问了。哪有这样的人呢！连自己要住的房子都不知几间。她越想越生气，她转着那又黑又大的眼睛，用白眼珠瞪着马伯乐。

马伯乐一点也不自觉，把两只手插在裤袋里，他一高兴，就又把那黄鹤楼的两句诗，大诵了一遍：

"黄鹤一去不复返，此地空余黄鹤楼。"

因为他的声音略微大了一点，全船的眼睛，都往他这边闪光。

马伯乐心里说：

"真他妈的中国人，不懂得鉴赏艺术。"

不一会，船到码头了，大家一起下船。那原来在船上静静地站着的人，一到了码头，就都心急如火了起来，跳板还没有落下来，有的人竟从栏杆跳出去了。等那跳板一落，人们就一拥而出，年富力强的往前冲着，老的弱的被挤得连骂带叫。

马伯乐抱着小雅格，他的脑子里一恍惚，觉得又像是来到了淞江桥了。

走到了岸上，他想：这可奇怪，怎么中国尽是淞江桥呢！

马伯乐流了一头汗，鼻子上跌坏的那一块蒙着药布还没有好呢。

但这仅仅是吓了马伯乐一下，实际上是并没有什么的，不一会工夫也就忘记了。何况逃难也逃到了终点，房子也有了，经济也不成问题了。

所以不一会工夫，马伯乐就又活灵活现了起来，他叫洋车的时候，他就打了那车夫，因为从汉阳门码头到磨盘街本来是八分钱，上次马伯乐到王公馆去拜访的时候,是八分钱。现在要一毛二,这东西真可恶,不打他还留着他吗!

"他发国难财呀,还有不打的吗?"到了王公馆,马伯乐还这么嚷着。

王老先生点头称是,并且说:

"警告警告他们也是对的。"

王老先生又说:

"我前天囤了点煤炭,三天就赚五分,五天就是一毛钱的利……俺早晨起来,去打听打听市价,你说怎么样?俺叫了一个洋车,一开口就是一角半。平常是一角,现在是一角半啦,俺上去就是一个耳光子,打完了再说……"

马伯乐在旁边叫着:

"打的对,他发国难财呀。"

马伯乐太太一进屋就看见客厅里摆着那尊铜佛了,她想,莫不是王先生已经不信耶稣教了吗?所以教友见了教友那一套应酬的话,太太一个字没敢提,只是心里想着,赶快到自己租的那房子去吧。

太太和孩子们都坐在沙发上,只是约瑟是站着的,是在沙发上跳着的,把那蓝色的罩子,踩了一堆一堆小脚印。太太用眼睛瞪着约瑟。约瑟哪里肯听。太太的脸色一阵红一阵白,她心里说:孩子大人都这么会气人。嘟嘟嘟嘟的,也不知嘟嘟些什么。她用眼睛瞪了马伯乐好几下。马伯乐还不明白,以为是茶洒在衣服上了,或是什么的,直是往自己西装的领上看着,看看到底也没有什么差错,于是还和王老先生谈着。

一直谈到昨天所吃的那蛋卷又端上来了。于是马伯乐略微地吃了两个。

吃完了,才告辞了王家,带着东西,往那现在还不知房子在什么地方的方向走去,只是王家的那男工在前边带领着。

太太气得眉不抬,眼不睁。

在那磨盘街的拐角上,那小院门前连着两块大石头,门里长着一棵枇杷树,这就是马伯乐新租的房子。

在那二楼上,老鼠成群。马伯乐先跑上去看了一趟,一上楼就在楼口把头撞了一下。等上去,第一步就在脚下踩着一个死老鼠。

这房子空空如也,空气倒也新鲜。只是老鼠太多了一点,但也不要紧,老鼠到底是怕人的。

马伯乐一站在这地板中央,那小老鼠就不敢大模大样地跑了,就都缩着脖子在门口上转着滴溜溜的闪亮的眼睛,有五个都藏起身子来了。

一共两间房。

马伯乐对于这房子倒很喜欢,喜欢这房子又破又有老鼠,因为这正和他逃难的哲学相符,逃起难来是省钱第一。

这时太太也上楼来了。太太的意见如何,怕是跟马伯乐要不一样的。

——节选自《马伯乐》

1940 年